Martina, la rosa número trece

Seix Barral

Ángeles López

Martina, la rosa número trece

Prólogo de Antonio Muñoz Molina

Primera edición: abril 2006

Avda. Diagonal, 662-664 - 08034 Barcelona
www.seix-barral.es

ISBN: 84-322-9672-4
Depósito legal: M. 10.835 - 2006

EN EL PAÍS DEL PASADO

Por ANTONIO MUÑOZ MOLINA

El pasado, se ha escrito, es un país extranjero. Y el de los demás, el de nuestros mayores, el pasado que sucedió antes de nuestro nacimiento, es el país más extranjero de todos, el más inaccesible, más lleno de misterios que las islas del Pacífico y que las regiones del centro de África que aún a finales del siglo XIX *no estaban bien roturadas en los mapas. En España, con mucha frecuencia, ése es un país marcado por la guerra civil, por su memoria y su olvido, por los años negros que vinieron después del final. Las personas que nos han educado —nuestros padres, nuestros abuelos— nacieron y vivieron en ese país, en ese tiempo, y nosotros sabemos que sus vidas quedaron marcadas por aquello, pero no siempre hemos sabido o querido preguntar, y no siempre ellos contaron voluntariamente. La experiencia familiar de cada uno se ensancha en los aconteceres de la historia contemporánea española, y el silencio o las palabras veladas que escuchamos en nuestra infancia se corresponden con el gran silencio público que duró tanto como la dictadura de Franco, y que después tampoco llegó a romperse del todo, al menos durante algunos años.*

En muchos casos, ya no se rompió nunca, porque un rasgo decisivo del franquismo, aparte de su áspera crueldad, su cerril y mediocre oscurantismo cuartelario y católico, fue su duración. A mis amigos extranjeros, para explicarles lo que fue la dictadura, les pongo siempre la comparación de los años que duró el fascismo en Italia —veinte— y el nazismo en Alemania: doce. El franquismo, desde el final de la guerra hasta la muerte del dictador, duró treinta y seis años, y casi cuarenta si se piensa en las zonas en que triunfó el golpe militar desde el principio. Demasiados años, demasiadas vidas que se perdieron, demasiada lejanía irrecuperable, como descubrieron muy bien tantos exiliados al volver y encontrarse un país que ya no se parecía nada al que habían dejado. Los forenses, los criminólogos, dicen siempre que la condición fundamental para resolver un asesinato es que no pase demasiado tiempo: los testigos olvidan muy rápido, las pruebas desaparecen, las huellas se borran. Una parte grande del dolor que trajo la guerra y de la crueldad de la represión que vino después de su final han desaparecido sin dejar trazas, y no ya porque los verdugos y sus cómplices se ocuparan de no dejar pistas, sino porque el tiempo ha actuado a su favor. Primero fue la censura, pero luego, cuando al fin se pudo hablar, muchos testigos habían desaparecido. Pero además ocurrió algo todavía más doloroso: se podía hablar, ya no había censura, pero justo entonces pareció que desaparecía el interés por saber lo que había sucedido.

Me acuerdo bien de los años de amnesia distraída y voluntaria, los ochenta. El exilio, los testimonios de las cárceles franquistas, las historias de la guerra, de pronto dejaron de tener interés. No por nada, sino porque queríamos ser modernos a toda costa, y aquellas historias, aquella gente, se habían quedado antiguas. Eran los años del diseño, del pelotazo, de la movida, de la fascinación incondicional e inepta por lo nuevo y lo joven. Aún vivían muchas personas que habían sufrido en las cárceles, aún quedaban hombres y mujeres con la memoria fresca y el ánimo despierto, y también héroes y víctimas a las que se hubiera debido honrar, y que hubieran merecido en su vejez el alivio de una pensión decorosa. Se fueron muriendo, muchos de ellos esperando que alguien llegara a preguntarles, o a que la administración reconociera grados militares, derechos laborales, sufrimientos. En 1986, cuando yo publiqué mi primera novela, más de un crítico y más de un colega me dijeron, no sin condescendencia: la novela está bien, pero ¿por qué sacar de nuevo la guerra civil? En 1995, siendo todavía presidente del Gobierno Felipe González —porque la desmemoria no ha sido sólo patrimonio de la derecha— se celebró el cincuentenario de la liberación del campo de exterminio de Mauthausen, en el que habían muerto miles de republicanos españoles. Ni un solo representante oficial del Estado español asistió a la ceremonia. En 1996, cuando vinieron los supervivientes de las Brigadas Internacionales, las autoridades —ahora de derechas— no tuvieron hacia ellos la más mínima consideración.

No son infrecuentes tales rachas de silencio: a los judíos supervivientes del exterminio nazi durante muchos años nadie quiso escucharlos, y ellos mismos, la inmensa mayoría, prefirieron callar. Pero el tiempo pasa, y el silencio y el olvido crecen, y de pronto queremos de verdad recordar y ya tenemos que recurrir a instrumentos que no son exactamente los de la memoria, entre otras cosas por-

que la memoria es un campo de ruinas en el que pueden exhumarse muy pocas evidencias claras.

Se llega entonces a la necesidad de la ficción, para intuir lo que nunca sabremos, para fingir que ocupamos los espacios en blanco que dejó la memoria perdida. Buscamos documentos, hacemos preguntas, pero no nos basta la sobriedad de los historiadores. El historiador investiga el país del pasado, pero no siente el deseo de viajar a él, o por lo menos no hace de ese deseo, convertido en imaginación, una parte de su tarea. El novelista sí quiere viajar: no aspira sólo a saber lo que ocurrió, sino también a traerlo al presente, rescatado y vivido, hacerlo parte del ahora mismo. En esa tarea ha coincidido gente muy diversa en los últimos años: W. G. Sebald, hechizado por ese país terrible del pasado que fue la Alemania hitleriana, que él no conoció, pero en cuyas ruinas físicas y morales se formó su vida; Patrick Modiano en Francia, con su obsesión por reconstruir, a partir de detalles mínimos, de archivos y mapas, las biografías de gente humilde y real que fue tragada por la negrura de la Francia ocupada, de la Francia rendida y colaboracionista. En España, entre otros, Javier Cercas, Javier Marías, Jesús Ferrero, Dulce Chacón, yo mismo: preguntamos e imaginamos; leemos en archivos, y buscamos voces y caras de testigos; indagamos en los armarios de nuestros padres, en los últimos cajones de las cómodas.

En esa tendencia se incluye esta Martina de Ángeles López: entre la ficción y la memoria, entre la búsqueda detectivesca y la intuición emocional, se reconstruyen unas cuantas vidas olvidadas, una época heroica y terrible de la historia de España, incluso una cierta topografía periférica y popular de Madrid, un Madrid tan desaparecido, tan atractivo para nuestra imaginación senti-

mental, como las existencias borradas que discurrieron por él. Patrick Modiano ha aprovechado literariamente como nadie la fragmentariedad de los testimonios escritos, la capacidad de sugestión de un informe oficial escrito en prosa administrativa, de una sucesión de nombres y fechas. Así descubrimos, casi llegamos a ver, a esa Martina joven y trabajadora, animosa y asustada, deambulando por su Madrid de guerra y resistencia, así tenemos la sensación de asistir a su tormento, a su muerte, a la injusticia y al absurdo que troncharon tantas vidas. Nos queda lo más valioso que puede darnos la literatura: la palpitación del tiempo, la melancolía de lo que pudo ser y no fue, la sensación de haber viajado mientras leíamos al país lejano del pasado.

MARTINA,
LA ROSA NÚMERO TRECE

A Martina Barroso, quien cada mañana, desde el fondo del escritorio de mi ordenador, me ha alentado a escribir su historia.

Y a Carmen Barrero, Blanca Brisac, Pilar Bueno, Julia Conesa, Avelina García, Elena Gil, Virtudes González, Joaquina López, Ana López, Dionisia Manzanero, Victoria Muñoz, Luisa Rodríguez de la Fuente,

LAS TRECE ROSAS

No eches de menos un destino más fácil...

Kavafis

A la tarde nos examinarán en el amor.

Juan de la Cruz

Estos días azules
y este sol de la infancia.

Antonio Machado

Nos hemos equivocado, teniendo toda la razón...

Enrique Búmbury

Este relato incomprensible es lo que
queda de nosotros

Antonio Gamoneda

Es necesario que sepas lo que la Verdad
quiere de ti en cualquier Reino
para que puedas prepararte para ello
sin dudas ni resistencia.

Ibn Arabi

Jamás hubiera podido escribir este libro sin la ayuda de Paloma Masa Barroso. Mi cuñada, mi amiga. Mi hermana. Sobrina-nieta de Martina, heredera indiscutible de su legado y su memoria. Sin su auxilio bibliográfico, sus contactos con supervivientes de la época, su apoyo en la búsqueda de documentación, su lupa de *siete aumentos* para las correcciones de fechas, nombres y datos, así como toda la entrega y el entusiasmo volcados sobre cada línea, este libro que empezó en Andorra, viajó hasta Valencia, llegó a Barcelona, recaló en Santiago y se ha terminado en Madrid, jamás hubiera visto la luz. Yo sólo he sido una escribiente. Simplemente sus manos; sus teclas, sólo. Porque esta historia anidaba en su cabeza desde hacía mucho, mucho tiempo.

Gracias también a todas las mujeres de la familia Barroso. Las vivas y las que ya no están entre nosotros. María Antonia, Oliva, Manola, Encarna... Ellas han preservado a través de la oralidad, como en las antiguas tradiciones orientales, esta historia de dolor, furia y memoria. Pero muy especialmente a Loli Barroso, quien, entre pastas y café, ha hecho punzantes esfuerzos de recuerdo.

Gracias a mi hermano que nos ha aguantado estoicamente, a las dos. Horas, fotos, viajes, documentos, intercambio de libros, correcciones, llamadas y mensajes de correo electrónico, hablando de Martina, Luis, La batalla del Ebro, *El Madrid de la Resistencia*, las Comisarías... *El no pasarán.*

Pero especialmente quiero dar las gracias a mi madre, a quien la he privado de mí durante los meses en los que más me necesitaba, en este tiempo de duelo por la muerte de mi padre —*el Jimmy*, tan ausente; tan presente— para enclaustrarme a escribir estas páginas. He vivido más con las *Trece Rosas* que con ella. Tal cosa, jamás me lo perdonará Martina, quien tanto hizo por los demás. No quiero olvidarme de Pepito y Amparito, a quienes tanto he desatendido este tiempo aciago. A José Ángel —para mí, siempre José Angelín— que iba leyendo capítulo a capítulo y a Juan Carlos —mi tate, que ha trabajado en el escaneado de cada foto y me ha facilitado temas para reportajes con los que pagar la comida de mis gatos durante este enclaustramiento—... A Sara —Saruqui— por su sonrisa de Pucca y su laconismo, a Marisa por la sinceridad de sus sentimientos. A Mari Canto, con quien acabo de reencontrarme. Y a Nani, a José y a Feli, porque sé que la publicación de este libro estrechará los vínculos que nunca llegaron a romperse. No puedo olvidarme de Nerea, que fue el elemento detonante de este libro, ni de su hermana Irantzu, mi sobrina más querida del otro lado del charco. Porque sé que me quiere; que siempre está ahí. A Iván y Alejandro, los hijos que no tengo, porque durante este tiempo, lo han puesto todo perdido de sonrisas. Y por último, que no en último lugar emocional, a Miguel... Porque las cosas no existen hasta que no se las cuento.

Y gracias, al fin, a los supervivientes que han querido hablarme entre lágrimas y dolor de recuerdos: a Carmen Cuesta *—la Peque—*, Concha Carretero, Nieves

Torres —*Madame Cibeles*—, Leandro González, Josefina Amalia Villa (a pesar de no querer, ni pretender, aparecer en estos agradecimientos; también ella los merece), Ramón Muñoz Tárraga...

Por último, y no menos importante, gracias a Antonio Muñoz Molina por haber aceptado leer este libro y prologar lo que en él se dice, manifestando así la generosidad que sólo la gente *grande* sabe tener.

A MODO DE INTRODUCCIÓN...

¿Por qué la vida se reduce al momento justo y al lugar exacto? Lo comprendo pero no lo entiendo. La manera más sencilla de decirlo es que nunca antes había prestado oídos.

Cuantas veces escuché la historia, vi que todo estaba en orden y que no precisaba reparación alguna. Descifré mal las señales o, sencillamente, decliné interpretarlas. Hasta aquel preciso instante. Aquel mediodía en *La Farga del Valira,* en Ordino —breve paréntesis de paz, en medio de aquel valle andorrano—. Entre las almejas a la marinera y un majestuoso Gran Colegiata —toresano—, Paloma, mi Paloma de siempre, volvió a relatar la historia de Martina, como si su paso por este mundo perviviera en una urna de cristal, dispuesta a ser rescatada por mi torpe mano de taladradora de palabras.

Había nevado.

Nos había nevado. En diciembre, y en Ordino —parroquia andorrana—, lo ilógico es que no nieve, cubriéndose todo de una blanca toga. Nerea, mi pequeña sobrina andorrana, tenía 38º de fiebre. Hacía horas que yo había dejado de ser una persona responsable y sólo me habitaba el crepuscular recuerdo del Coll d'Ordino, el Casamanya, El Serrat, el pequeño Quart llamado Sornàs, donde sólo residen decenas de gatos y se yergue una minúscula ermita románica en la que apenas caben quince personas. Llegó la segunda botella y Paloma, como buena madre, tuvo la feliz ocurrencia de entretener el abatimiento de la cada vez menos pequeña Nerea. «¿Te he contado la historia de mi tía Martina?» La febrícula de la niña le impedía mantener la atención en cualquiera de las direcciones posibles. La depredadora fiebre humillaba su cuerpo preadolescente, limitando su atención al redondo plato de diseño para mantener erguido el tenedor. Hasta bien avanzado el relato, Nerea no había dispuesto su mermada vigilancia hacia la única carretera posible: los labios que hablaban de un pasado, de atrás hacia adelante. Como todas las buenas historias. La vida es un cuento, al fin. Pasados pocos minutos y sin que nadie nos hubiera aleccionado, todos depusimos los cubiertos como lanzas castellanas sobre la preciosa vajilla parisina y, podría jurar, que la pequeña Nerea había hecho un *impasse* en su malestar gripal para no perder detalle del cuento mil veces contado. Nunca escuchado...

No por mí, al menos.

Y así fue que Paloma, mi cuñada, voló hacia el año 1939 como guiada por una cartografía secreta y desgranó minuciosamente su amor anciano por una mujer nunca conocida, tan presente como ausente, que, en tiempos de paz y después de una guerra inútil, perdió la vida ganándola para siempre. Martina acudió a nuestra mesa circular en la *Farga del Valira*. En aquel silencio de necios pudimos vernos las caras sintiendo su presencia. Martina estaba llamando a nuestra puerta, a mi postigo al menos. Se hizo carne entre nosotros y juraría que se mojó los labios con un sorbo de aquel caldo de Toro. ¿Qué podía yo hacer por Martina? ¿La del 39, la de 2004?... La Martina de siempre y para siempre. Miguel, escueto y lacónico, dijo lo que yo no me atrevía siquiera a imaginar, aun pensándolo: «escribe su historia: Cuenta quién era, revive *su* Madrid, explica *su* lucha, *su* militancia, *su* periplo, *su* sufrimiento. Reconstruye los pasos que dio y aquellos que le quedaron por dar». No sé si Martina, aquella *Rosa* de entre un ramo de *Trece*, merece que yo sea su voz en este siglo que ella hubiera podido inaugurar. Tal vez hoy tendría varios hijos, algunos nietos, un amago de ictus o un principio de alzheimer. Pero entonces yo no tendría historia que contar. Martina prefirió vestir su cuello con un prohibido pañuelo rojo en un abril del 39, en un barrio obrero periférico, durante un tiempo en que había un Madrid de vencedores y otro de vencidos. Que nadie se lleve las manos al estómago. No es otra historia de la Guerra Civil. De ser así, mi pequeña Nerea, con su fiebre y su gripe recién estrenadas aquel primer día de nevada andorrana, no hubiera aguantado la narración hasta el final.

Ésta es sólo la historia de una mujer en la orilla de la playa de un Madrid sin mar. Es la pequeña semblanza de una gran mujer. El corto relato de una vida que no sobrevoló los 23 años por deambular a través de una calleja lateral —oscura, aunque llena de luz, tanta, que hoy tengo vatios suficientes para asomarme a su espalda encallecida y curvada— y que, en las últimas horas de su vida, tejió unas misteriosas zapatillas de esparto a modo de misiva para la madre de Paloma. Su sobrina. Metáfora silente. Cuando hay que llegar a un sitio concreto, la vida se ocupa de llevarnos. A mí me llevó hasta los labios de Paloma que relataban por enésima ocasión, pero por primera y única vez, la vida que ahora me dispongo a contar. La historia que acompaña un rostro. Unos ojos verde oliva, próximos al gris y unas infantiles zapatillas de esparto.

En definitiva, la historia de Martina, *La Rosa*.

ÁNGELES LÓPEZ

I

—¿A ti también te han echado? —dijo Lolita, desde sus enfáticos años y su sintética voz de adolescente, a la chica de la combinación rosa que reposaba en el umbral de su comedor. Apoyada sobre su mano derecha.

Una sonrisa por toda respuesta.

—Te preguntaba que si a ti también te ha echado la «señora»... ¡Vaya trabajo os habéis buscado, sirviendo a semejante bruja!

Una nueva media sonrisa —cargada de compasión, se diría— como respuesta a aquella pregunta. Para Lolita era fácil ver el rostro de la joven en la penumbra del salón porque, de repente, se había hecho la luz en el litoral de su casa. La chica de la enagua rosa conseguía iluminarlo todo. Apoyada como estaba, tan cómoda como se la veía, reclinando su mano sobre el quicio de la puerta. Era la novena joven que desfilaba por aquel comedor en los últimos dos meses. La «señora» era realmente exigente. Cada muchacha de provincias que entraba a servir en su casa era expulsada al menor desacierto; al mínimo descuido. De inmediato. En plena noche, si era preciso. Manola, la madre de Lolita, compasiva con todas, les daba albergue en el suelo de su modesta casa hasta que encontraran un nuevo-luego, un hogar para servir sin tanta acrimonia por parte de la patrona. Tan nueva rica *—no pidas a quien pidió...—*, tan insensible con la penuria ajena *—ni sirvas a quien sirvió...—*. Por eso, a Lolita no le extrañó encontrarse a aquella joven de media melena zaina, tan rizada como revuelta, en un intento de peinado con raya al lado y prendido el pelo por una horquilla de plata envejecida que dejaba su oreja izquierda a la intemperie. Coqueta aun de noche —pensó la niña a sus trece años—, a pesar de no poder domesticar un encrespado mechón ensortijado que le resguardaba parte del ojo derecho.

La niña era consciente de que no siempre se habla de cosas útiles y, por ello, prosiguió increpando a la joven de la puerta, en tanto que no podía dejar de mirarla. Como cuando llueve y no se puede hacer nada por evitarlo. Así continuó haciéndole preguntas banales por el simple hecho de tener una excusa para seguir observándola. No era exactamente guapa, ni dejaba de serlo. Muy alta sí. Y muy segura de sí misma —como a quien no se le puede deber el olvido—, por lo que Loli sintió el deseo irrefrenable de no decepcionarla. Siguió con la conversación, aunque fuera un monólogo... Con alguien así no se rechaza el intercambio de palabras aunque fuera en una madrugada tan calurosa como aquélla.

Pero la chica de la enagua no tenía intención de que su exiguo traje la tomara por imbécil y, en lugar de perder tiempo en frases previsibles o darse algún tipo de importancia, prefirió dejarse de palabras para, así, lucirlas. Su sola presencia era como un depredador que mordiera oscuridad para generar luz. Únicamente para ellas dos. Sólo acomodada para aquel cruce de palabras y miradas. Así fue. Así le pareció a Lolita que fue.

El soliloquio de Lolita despertó a su madre de aquel éxodo progresivo que era el sueño. Manola recorrió la geografía de su casa hasta llegar al salón. Pulsó el interruptor y se hizo la luz —después de la otra luz; por encima de aquélla—, inesperada y generosa, aunque la niña anheló aquella otra luminaria plomiza, sepia e íntima bajo la que estaban transcurriendo los minutos.

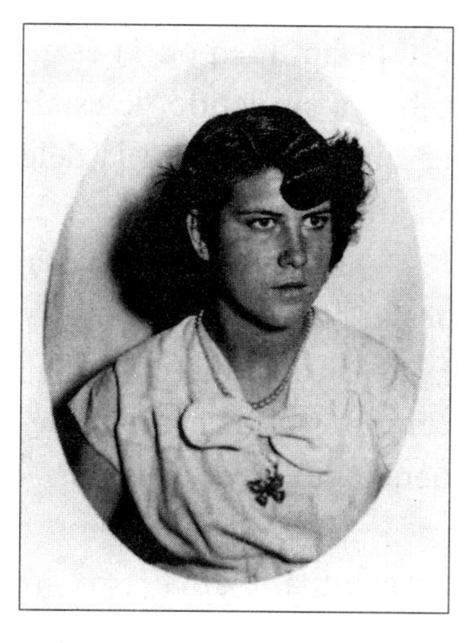

Lolita Barroso a la edad en que vio el fantasma *de su tía Martina en el comedor de su casa.*

—¿Con quién hablas, Lolita? ¿Has vuelto a tener una pesadilla?

—No, mamá. Estoy despierta... y charlando.

—¿Con quién?

—Con esta chica —y señaló el espacio contiguo al hombro derecho de su madre.

—Déjate de fantasías. ¿Qué chica?; yo no veo a nadie... ¿Tú ves a alguien?

La joven de pelo negro y enagua rosa había cambiado de postura. El brazo con el que parecía sostener al mundo, asiendo el marco de la puerta, se había posado ingrávido en el hombro de Manola. Sabía hacer las cosas despacio, pensó la niña.

—La que está apoyando su brazo sobre tu hombro, mamá. ¿Es que no puedes verla?, ¿no la sientes, siquiera?

Manola, que sabía tener esperanzas y certezas, intuyó de inmediato que quien estaba en aquella habitación no habitaba ningún lugar en este mundo.

—Dime, cariño, ¿cómo es la joven que estás viendo?

—Sólo tendrías que girar la cabeza para verla. Pero si prefieres que yo te la describa, te diré que es alta, muy morena, con el pelo rizadísimo... y pecas. Muchas pecas. La cara entera es un mar de pecas...

La madre de Lolita acababa de coger el primer desvío que la conducía diez años atrás y no quiso mirar al vacío que le rodeaba, porque con sólo posar la vista en el espacio que podría estar ocupando aquel corazón de rubí, ya sin latido, le estaba faltando al respeto. A ella. La que no veía. Era la deferencia de los vivos para con los muertos.

—Y lleva una preciosa enagua rosa, mamá, ¡no sabes lo bonita que es!

—¿Con una puntilla de encaje color barquillo, como los que llevan las de alta costura que vimos en la tienda de Bravo Murillo?

—¡Eso es! ¿Ves como tú también puedes verla? No estoy boba, mamá.

Manola sabía que tarde o temprano el pasado sobrevendría. Pero el valor aún vivía en ella, a pesar del tiempo transcurrido. Sólo necesitaba unos minutos para recoger todos los pensamientos esparcidos por su cerebro. Ahora al aire libre. Encerrados a cal y canto en su pecho... Aquel instante suponía la temeridad pegada al pecho, aun donde ya no había pecho. La enagua que la chica llevaba, y que su hija leía perfectamente sobre aquel delgado y pecoso cuerpo, no era otra que la combinación de su boda. La misma que tantas veces, Martina, pidiera a su cuñada Manola para hacer cucamonas delante del espejo. La había amado como a una hermana, tanto, como sólo se quiere a aquello que se sabe se perderá pronto. Porque no es de ningún sitio preciso. Ni de este mundo siquiera. La chica del quicio, con su brazo y abrazo invisible, su enagua antigua y prestada, sus pecas diseminadas por todo el cuerpo... volvía del ayer. Del siempre. Para darle el último aviso-mensaje-recuerdo-despedida. Manola lo sabía. Las circunstancias se aprovechan de nuestras debilidades.

—Lolita, cariño, vuelve a dormir que mañana tengo una cosa que darte.

—¿Y la chica, mamá?, ¿dónde dormirá la chica?

Rodeando con sumo cuidado el aire como si de una pieza de fina porcelana se tratara, Manola se giró enarbolando un abrazo invisible. Al borde de la nada. Ausencia sabida y antigua.

—¿Martina?: ya se marchaba, hija. Tú duerme.

II

Agosto de 1939
A la tarde nos examinarán en el amor

Pasada la medianoche, Martina reflexionaba. En su confusión de cobertores y petates o tal vez sábanas pobladas de chinches, piojos y toda suerte de seres diminutos que se adhieren a la inmundicia. Rumiaba palabras sobre su jergón aplastado contra el más frío de los suelos —a pesar del agosto reinante—. Pensaba, y cuando más lo hacía, más razón le daba, sin saberlo, a Tomás —*el Santo*— cuando se lamentaba tantos siglos atrás de la penuria de nuestro vocabulario. La palabra, serio obstáculo para reflexionar sobre el amor.

Y en ello pensaba durante aquella hora bruja, que no era ni sixta ni tercia ni nona, en la que no podía conciliar el sueño porque al amor —y con amor— había entregado su vida.

Después del duro trabajo diario había cosido gratis para los milicianos desde la sede del Socorro Rojo. Talleres de costura constituidos por las republicanas. Fábricas textiles, por mediación de sindicatos, partidos políticos y

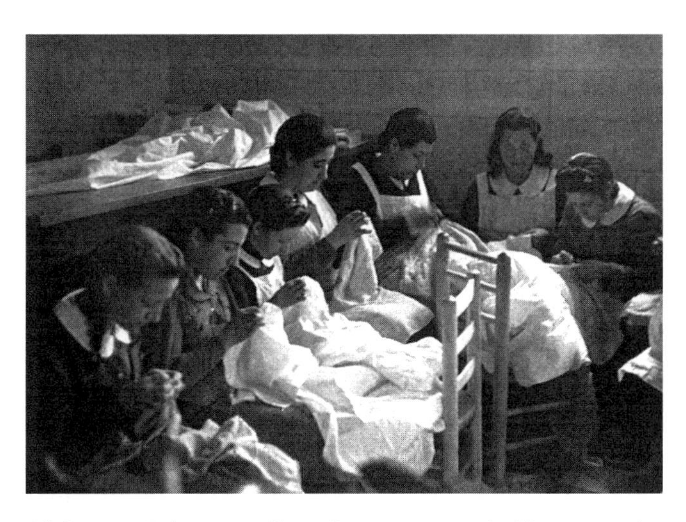

El Socorro Rojo eran talleres de costura constituidos por mujeres republicanas que cosían prendas para las tropas del frente.

organizaciones femeninas. Cientos de pequeños grupos de costureras, dirigidos también por mujeres, para abastecer a las tropas del frente. El bombardeo verbal era lo peor. Martina quería hacerlo. Sabía que deseaba colaborar cosiendo. Pero era innecesario escuchar las constantes soflamas: «¡Mujeres! ¡Haced los preparativos para el invierno! Recordad que la neumonía mata igual que las balas. Trabajad para el frente.» Las revistas femeninas se encargaban de reiterar la cantinela: «La campaña de navidad», «La campaña de invierno». Ella estaba en la retaguardia. En el Sindicato de la Aguja, en la Agrupación de Mujeres Antifascistas (AMA), creada bajo el auspicio del PCE, que se consideraban republicanas multipartidistas —comunistas, socialistas... Toda una alianza contra el *Generalito*; para eliminar el fascismo—. También pertenecía a La Unión de Muchachas y leía la revista *Mujeres* —altavoz de las féminas antifascistas—. Todavía podía recordar aquel número de junio del 37 en el que alguien —le gustaría ponerle cara y ojos a aquellas palabras— había escrito: *¡La risa de las muchachas soviéticas!: han aprendido a reír. La muchacha madrileña también debe saber reír como las compañeras que aparecen en la página central de nuestro número. Y ser amigas inseparables de la higiene. Antes de desayunar, una ducha fría precedida por un poco de gimnasia. Nuestras hermanas rusas, nunca dejan de hacerlo.* Era increíble. Por lo poco creíble. Ella quería ayudar, se sentía una mujer de izquierdas, comunista. Pero aquellas lecturas promocionales eran un atentado contra su sensibilidad.

Cada tarde, con la prisa en los bajos de la chaqueta, salía de la fábrica de medias en la que trabajaba. Caminaba sobre la suela de sus zapatos oscuros y desgastados el largo río que era Bravo Murillo para adentrarse en la calle Limonero y así penetrar en el Comedor Social. La estación herida a la que iban a parar los que nada tenían. Hogares para una infancia abandonada o huérfana o mutilada. Pesaba a los niños expósitos de la maldita guerra. O con madres trabajadoras y padres milicianos en no se sabía qué frente. Les daba leche maternizada que nada tenía de leche y menos de materna... les cuidaba con un amor sustituto y postizo, que no por ello tenía menos de amor. Algún día ella también tendría un hijo, pensaba. Algún día. Cuando Madrid mejorara. Cuando España cambiara. Cuando el mundo fuera otro y se pudiera vivir en él.

(Le atronaba en los oídos todo lo leído: Madrid en pie; «las mujeres madrileñas en la lucha antifascista están alerta en todo momento». A pesar de que ella también asistió. Aquel 8 de marzo. Plaza de Toros. Millares de mujeres reunidas en el coso taurino. Día internacional de la mujer. ¿Era necesario un día internacional?

Ella asistió. Y con su garganta antifascista siguió colaborando contra el *enemigo.* ¿En la retaguardia; en la vanguardia? Con una aguja por fusil. Con una cantinela perpetua que era una oración: *No pasarán.*)

Así acompasaba Martina sus pensamientos colegiándolos con su metrónomo interno de mujer adulta de sólo 22 años, con capacidad de autocrítica, con necesidad de limar ángulos y severidades ¿Nos habremos equivocado, teniendo la razón? Ana —Anita, *tan cara de ángel*— dormía junto a ella con las líneas de su cuerpo distendidas bajo el jergón. Tal vez ya estaba tranquila y sus músculos se habían relajado. Incluso su mente se habría elongado. Lógico. Había pasado lo peor: la medianoche. Flores en mal lugar a quienes, cada madrugada, sin que mediara aviso o premonición, una luz vaporosa y difusa arrancaba del cepellón a aquellas mujeres en proyecto. Que debieran estar jugando con muñecas. Ellas y las sesenta restantes. Ese hacinado espacio donde convivían varias decenas de criaturas en el llamado Departamento de Menores; tan desorientadas como inasequibles a la sonrisa...

Para llevárselas de dos en dos... de tres en tres...

Martina no sonreía. A pesar de que había pasado la hora mojón. A pesar de que habían marcado las doce en todos los relojes del mundo, tenía la sensación de que, esa noche, su voz y su cuerpo tendrían espinas. La luz de una linterna le iluminó el rostro. La distancia entre quien hablaba y quien recibía el impacto de la luciérnaga maldita era corta. Demasiado escasa para permitirle regresar a sus pensamientos leñosos. El mismo domesticado reflector delató a Anita, con sólo señalar su cuerpo yerto. Tan relajada como estaba. Ajena al toque de queda de aquella luz que indagaba sobre su sueño, con brutal violencia. Una y otra no dijeron nada. Había hecho calor todo el día, y ahora era el momento de sudar el ardor atrasado. Se sentaron sobre las mantas. En un deformado ángulo. Con los ojos deshechos y el pulso tembloroso, encaminaron sus manos al vestido que habían dejado hacía media hora escasa sobre la maleta de cartón que yacía a sus pies; única posesión, contigua a su jergón. Vaciadas de toda voluntad, se vistieron con la ropa de ayer que también sería la de mañana... y, desde ya, la de siempre. La de todo el siempre que les quedaba por venir.

(Nadie miente en esta historia: vendrán muertes. Trece, al menos.)

Conservando en los ojos el pavor y en los labios el vicio del silencio, se hicieron pasillo entre el resto de las durmientes hacinadas en el suelo hasta alcanzar el rincón que hacía las veces de petate. Reposo de Victoria que dormía en el otro extremo de la sala, junto a Mari Carmen Cuesta —*la Peque*—. Hicieron el escuálido trayecto agarradas de la mano. ¿Por qué cuando las personas se convierten en sombras se mueven juntas? Martina y Anita custodiadas por las gobernantas. Martina y Anita reviviendo cómo señalaban con su incomprensible linterna acusadora el sueño de Victoria, de idéntica autoridad que un fusil.

Bastó un segundo para que cruzara por su cabeza un arsenal de pensamientos lógicos. Ilógicos.

—¿Venís a por mí?; ¿es a mí a quien buscáis?... Martina, Anita... ¡Por Dios!... Mi madre se va a morir de pena: primero mi hermano muerto en comisaría, y ahora Goyo y yo...

—Tranquilízate, Victoria —dijo desde su aquilatada intranquilidad Martina—, y vístete. Iremos juntas.

Temblorosa, consiguió meterse por la cabeza el catafalco de vestido estampado en tonos oscuros con el que había estado estudiando geografía y haciendo sus labores de reclusa disciplinada el día anterior y, sin terminar de abrochárselo a la espalda, se abrazó a Mari Carmen —*la Peque*—. Como una cometa con el hilo roto que un niño demasiado torpe hubiera dejado escapar al albur del viento.

El pelo largo y muy rizado, con vida propia, y la cara plagada de pecas... *Sólo en aquel momento de palidez sepulcral* —diría sesenta años más tarde Josefina Amalia Villa, testigo de aquella noche— *me di cuenta de la cantidad de pecas que transportaba Martina en el rostro. La cara como la cera. El único rasgo visible de su pavor.* Se acercó a Mari Carmen, como pensando en insectos y otras cosas repugnantes. Pero cuando abrió la boca le salió la voz de flor que llevaba en el pecho y sólo acertó a decirle unas palabras a modo de homilía, en forma de despedida o advertencia. Dijo Martina: que tu familia arregle tus papeles para que no te pase lo que a mí; lo que a nosotras. Y se produjo entre ambas una febrícula de carne, como si la desdicha tuviera ritos de afirmación.

¿Estáis listas? Fue la única pregunta de la funcionaria. Con idéntico sabor a sal en la boca, la tres, respondieron sin decir nada.

Martina, Anita y Victoria siguieron a las dos internas de las luces sibilinas. Las de los faroles incriminatorios. Iban agarradas. Las tres. Victoria lloraba. Ana y Martina, con el mentón apretado, tuvieron tiempo de girar la cabeza para despedirse en silencio de sus compañeras y amigas. Y entonces lo vieron.

La estación herida.

Sesenta niñas, sesenta menores recluidas en un departamento que era su casa, su escuela, su recreo y su tumba. Sesenta niñas arrodilladas al unísono como sesenta caballitos de mar, como cuerpos votivos. Movidos por la ferocidad de la desolación y el dolor. Sus labios no rezaban. Sus dientes no chirriaban ni su lengua maldecía. Simplemente se quedaron así. Arrodilladas. A la intemperie de aquel 4 de agosto, que ya era madrugada del 5, que les robaba a tres de las suyas.

Como reza el haiku, *de la flor del ciruelo a la flor del cerezo*, mediaban pocas horas.

Repito que nadie miente en esta historia: vendrán muertes. Trece, al menos.

* * *

Anita era una virgen blanca. Rubia, delicada. Entró la primera en el recinto de la capilla que tan bien conocían todas. El temblor de sus piernas era imperceptible pero no por ello menos evidente. Victoria la siguió descompuesta y un tanto estropeada. Sus ojos añoraban los días de sol y evocaban las calles que ya no volvería a transitar. Más que el dolor de su propia muerte, temía el sufrimiento de su madre; ¡tantos días, ya, sin verla! Martina era demasiado reservada como para delatar nada a través de su semblante. Caminaba rápido, no sabía hacer las cosas despacio. Más tarde, o quizá nunca, se atrevería a derramar una lágrima. Alguna. Tenía que reorganizar por dentro la silla de su infancia sobre la que reclinarse a descansar sus huesos doloridos de mujer hacia el cadalso.

—Si alguna de vosotras tiene un familiar dentro de este recinto, que levante la mano —dijo una de las funcionarias con tono marcial.

Unas callaron, otras dieron nombres de presas familiares, amigas o vecinas que estaban en el Pabellón de las Comunes apiladas en pasillos, sótanos y escaleras. En aquella cárcel blanca y lechosa pergeñada por Victoria Kent para dotar de dignidad a las presas de aquella década. Qué ironía. Dignidad significaba ahogar a 11.000 reclusas en un espacio destinado para no más de 600.

Buena hierba en mal lugar.

Martina sólo acertó a decir un nombre. Encarna, dijo. Su cuñada, la mujer de su hermano Luis... Sin noticias de él —tanto una como otra— desde su fiera marcha al Frente en la 33 Brigada Mixta, Batallón 130, denominado «Capitán Condés», alimentado por milicianos de la Juventudes Socialistas Unificadas de Chamartín de la Rosa. Meses antes, Rafael Muñoz Coutado, un amigo común que había regresado vivo de la primera línea, les había dicho a los Barroso que no le esperaran vivo. Que había caído en el frente de Cataluña. Ni Martina ni Encarna lo creyeron, como única fórmula para salvarse. Cierto es que no había cartas ni evidencia alguna de que estuviera vivo. Pero en aquel extraño día impar en que la joven costurera apuraba sus últimos instantes de vida, abrazada a su hermana política, no quería creerlo. Luis vivía. Luis vivía.

Y tú, Encarna, tienes que reunir fuerzas para esperarlo. Y cuidar a mis padres.

Martina amaba la vida como sólo la ama quien está a punto de perderla. Aglutinadas, inmóviles, sus voces y sus gritos apresurados como el movimiento titilante e involuntario de sus cuerpos. Martina amaba la vida. Aunque en aquella década había un hondo nudo de hiel sepia inundándolo todo. En aquel instante supo que no quería morir.

El capellán ataviado con su casulla dorada y nazarena se dirigió en tono altivo y monocorde hacia ellas como si su cuerpo inmenso dominara la ciudad que ya no estaba sitiada, que ya había sido rendida, que ya Casado y su mítica Junta la habían entregado al ejército sublevado... Y se dirigió a aquel montón de huesos pegados unos a otros para decir una sola frase. Si comulgáis y confesáis, podréis dirigir una última carta a vuestros seres queridos. Siguió hablando y todas las voces fueron las del Sacerdote. Percibió el miedo de las chicas, apenas niñas. A veces, las personas menos probables son las que mejor consiguen intuirnos.

Hubo celebración. O tal vez no la hubo. Nadie queda para confirmar el dato. Martina se iría de esta vida el mismo día en que había decidido que quería permanecer en ella. Mientras unas confesaban para luego poder comulgar, y así poder dejar un testamento de tinta y papel. Un te quiero. Un no me olvides. Un muero por aquello en lo que creo... Un que mi nombre no se borre de la Historia.

Sólo Martina dueña de sí y de sus palabras dijo al todopoderoso guardián de los Sagrarios del mundo:

—Yo no tengo pecados mortales que confesar.

—Seguro que sí, hija. Piensa, que Dios se apiadará de ti, por muy graves que hayan sido tus actos...

La ira, que ya era impotencia, gobernó la boca de Martina, que masticó en lugar de decir:

—En todo caso, no más que algún que otro pecado venial, padre y, de eso, puedo saber un tanto. Me eduqué en las teresianas y sé diferenciar entre lo uno y lo otro.

—No añadas el orgullo a los muchos pecados que ya acumulas, hija.

—Le repito que los pocos pecados veniales que pueda tener serán purificados con mi muerte, ¿no está de acuerdo conmigo?

Cuesta una vida creer que alguien pudiera decir aquello a las puertas de la muerte. Pero Martina, aún matizó su discurso:

—¡No pierda el tiempo con nosotras y confiese a nuestros asesinos!... Seguro que tendrá más tarea con ellos.

Giró su verbo y su adjetivo en busca del rostro compasivo de su cuñada y junto a ella se sentó en uno de los bancos de la capilla, dispuesta a consumir, en el calor de su abrazo, las últimas horas de vida.

Hay quien dice que llueve por nosotros y hay quien bebe con sed anciana del agua de los charcos. Martina llovía y bebía, hermética en su cuerpo. Se estaba yendo y, en su marcha, vio colegialas haciendo sus últimos deberes escolares; el resto de sus compañeras redactando cartas de carne a sus familias. Escribiendo a padres, madres y hermanos —con lluvia y sed en los ojos— sus legados de cariño y últimas voluntades. ¿Por qué morir, deseando tanto estar viva? De un bolsillo de su sencillo vestido de flores rojas sobre fondo oscuro sacó Martina un amasijo, que era un lamento sumergido. Un vestigio de saber que sería testigo de otras lluvias y otros fueros.

—¿Qué es esto que me das, Martina? —acertó a decir Encarna.

—Las he bordado con el hilo que he podido arañar del taller de labor. Son unas zapatillas de esparto con una mariposa bordada. Dáselas a mi sobrina Lolita, dentro de pocos días cumplirá dos años. Son para ella y para la hija que tendrá. Para que caminen por el dilatado mundo que no conoceré. Que vivan la vida que no podré vivir.

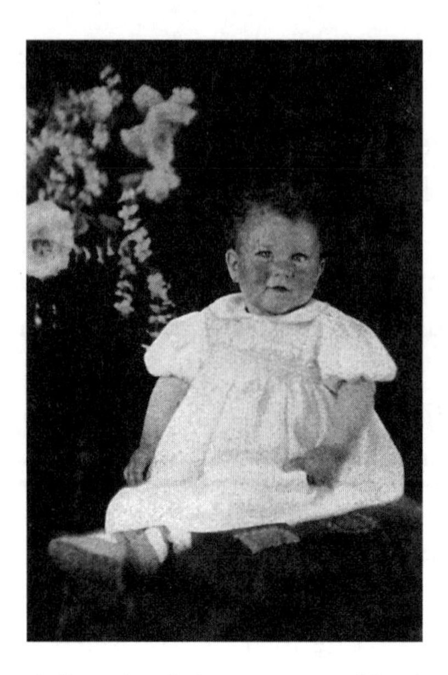

Lolita a la edad en que su tía Martina fue ajusticiada en la tapia del cementerio de la Almudena.

—¿No prefieres confesar y comulgar? A cambio, podrías escribir a tus padres.

—Prefiero que sea ésta mi última carta, sabes que no soy muy diestra con las palabras. ¿Has visto las mariposas? Harán que renazca la vida en un entorno más adecuado que éste. Yo he hecho lo que me correspondía en el tiempo en que me ha tocado nacer. Quien venga detrás tendrá su propio afán y espero que estas pequeñas alpargatas sean el recuerdo perenne de esta mujer que no ha sido nada pero ha tenido grandes sueños.

Encarna y Martina se fundieron en el abrazo más negro y oscuro del mundo. Disipando lágrimas, escondiéndose gemidos. Vuelve a casa y espera a Luis. Volverá, ya lo verás. Aunque no vuelva, regresará. Procura que Lolita pise el umbral de todos los lugares con estas zapatillas. Mi sobrina tendrá una hija que llevará un precioso nombre que tendrá alas... Como las mariposas que he intentado dejar escritas para las mujeres de esta familia. Vete, Encarna. Estoy bien; estoy en paz.

Un último favor: no me olvides; no me olvidéis.

Desde el fondo de su pecho-vértigo, como quien se adentra en los mecanismos de su proceso de pérdida, se sumó a una fiesta improvisada para no dejarse vencer. Rulos, pinturas, medias de seda, intercambio de blusas y faldas. Sostenes. Horquillas. Gomas y peines. No puedo domar el rizo de este flequillo, repetía a gritos Martina, casi al borde de la histeria. Si para nuestro mal llega la muerte, que nos pille guapas. Que sea el día en que más bellas estemos.

No se rindieron hasta el alba. No siempre se hacen cosas útiles en los momentos más difíciles. Las chicas, las trece chicas que terminarían siendo *Rosas*, cuentas de un amputado rosario-rosal, no rechazaron las ráfagas de dolor que las taladraba, pero tampoco se rindieron ante el pánico de aquella madrugada huérfana de indultos.

Al alba las examinarían en el amor. Mientras Martina domaba su flequillo indómito, lo supo. Aún mucho antes, lo supo, pero no dijo nada. La risa-llanto-lamento le oprimía el pecho por tanto dolor de cuerpo presente.

Y los grillos cesaron su canto.

III

Enero de 2004

Me llamo Paloma, vaticinado nombre que sugiere alas.

Paloma. Y soy alérgica a las cosas difíciles de evitar; incluso a los recuerdos que no puedo admitir. Siempre he pensado que en alguna parte del universo debe haber algo mejor que el hombre armado por su necesidad-necedad de devorar al hombre.

También creo que la manera más sencilla de entender las cosas —aun las tempestades emocionales— es contándolas. Mucho mejor si es desde el principio. Y mi historia, como todas, tiene un comienzo, en este caso nada excepcional, que se da cita en una mañana de zafarrancho casero, hace ya varios años, junto a mi madre Lolita.

Limpiábamos poseídas. Como si la vida nos fuera en desterrar la insurrección del polvo almacenado en puertas, ventanas, lámparas, colchones, baldosas, muebles y estanterías. No contentas con ello, lavábamos colchas, sábanas, tapetes, mantelerías, igual que si se tratara de objetos enfermos dentro de un continente sano. Era sábado por la mañana, de lo que se deduce que era el único día disponible de la semana para que una estudiante como yo pudiera ayudar a una madre como la mía en el uso mediocre de la fregona, el trapo del polvo, la aspiradora e incluso la escoba. En el fogón bullía, ajeno a cualquier horizonte, un cocido madrileño en el que flotaba un codillo, una morcilla, dos chorizos, medio repollo y un nabo. Indispensable y diferenciador elemento que ponía sobre aviso de que lo que allí hervía era una olla al más puro estilo del *Foro*. Ni olla podrida ni cocido montañés ni escudella catalana. Mientras aquel nabo abría un paréntesis de territorialidad gastronómica, yo me debatía en peinar de ácaros a todos los objetos mudos de nuestra pequeña casa enclavada en Pinos Alta. Tetuán. Ventilla. Madrid. España. Una estación herida de antemano, sin yo saberlo todavía.

La olla de la cocina bramó como una alarma movida por la repentina convicción de que el guiso estaba casi concluido. Mi madre, sin mediar palabra, acudió a la llamada sobrehumana de aquella maquinaria doméstica que conocía a la perfección. Y entonces, todo acabó empezando. Todo empezó a comenzar. Todo. Se inició con aquel pitido que se clavaba como una espina en cualquier tímpano y que mi madre supo domeñar. Un metrónomo interno, sin venir a cuento, acudió para recordarme el trabajo que me costaba vivir. El mucho esfuerzo opaco y candidato a la más oscura de las tinieblas que me obligaba a soportar demasiadas cosas hasta alcanzar una espita por la que vislumbrar la blancura que había fuera. Aquel tictac interno me condujo, sin yo pretenderlo, a transgredir las leyes de la razón y encaminar mis pasos a la habitación de mis padres, como guiada por una llamada imán que tirase lentamente de mis piernas. De todo mi ser.

El invisible hilo, de irrompible apellido —Barroso—, que se había tejido lentamente a lo largo de los años.

Todo empezó a comenzar. Fue el momento en que me encontré a mí misma abriendo el armario que con tanto celo sellaba mi madre mediante un llavín dorado para empaparme del olor a manzanas reineta que inundaba los trajes oscuros de caballero, las camisas blancas, los vestidos de flores, los foulares, los abrigos de paño... Todo perfectamente doblado, colgado, en ningún modo almacenado o superpuesto.

Y todo empezó.

Porque del maletero de aquel armario —¿almario?— de dos cuerpos, cayó sobre mi cabeza ingrávida, diminuta y, a un tiempo, tan pesada como la masa atómica de cualquier partícula de la Galaxia, un pequeño cofre de cartón como salido de la pluma de Gustave Doré. Una misteriosa caja hermosa y grave que necesitaba de oro, incienso y mirra para ser observada desde el exterior.

Me senté en la cama de mis padres que tantos sábados ocupara como una inquilina perezosa dispuesta a prolongar los días en que el sueño era largo y permitido. Me senté en la esquina, procurando no tener más de ocho años para así conseguir un doble motivo: la liviandad de un cuerpo ingrávido que permitiera no dejar huellas de su presencia sobre una cama recién hecha, a conciencia, y mantener, al tiempo, la emoción y todas las preguntas que sólo los niños saben hacerse ante un simulacro de regalo que la vida les concede.

Y allí, sentada, ingrávida y emocionada, yo, Paloma —con mi vaticinado nombre que sugería alas—, desaflojé la tapa de la diminuta cajita y entorné la mirada para no toparme desde el principio con algo diferente a lo que podía llegar a imaginar o lo que ni siquiera me atrevía a sospechar. Fue como atisbé algo que no conocía, que nunca había visto pero que, de repente, pasaría a ser algo imprescindible en mi vida y en mi ceguera dormida.

En la profundidad abisal de la caja yacía inerte un diminuto bulto envuelto en un pañuelo antiguo, desleído, de formas semejantes a los test de Rorschach que nos hacían en el colegio.

Es curioso cómo, ante los momentos más cruciales de la vida, uno se detiene a pensar en lo más disparatado que acude en forma de hilo argumental y disuasorio a una cabeza en marcha. Por eso, durante unos instantes, y antes de deshacer el nudo gordiano del pañuelo para descifrar su contenido, seguí el rumbo de mis más absurdas sensaciones: que odiaba aquel cuarto de mis padres con su oscuro cabecero, el horrible armario semiempotrado. No me gustaban las sillas ni la coqueta ni el espejo de marco pretendidamente vetusto y dorado; ni siquiera me atraía lo que veía por la ventana. Olía a naftalina, pero también a membrillo y a esencias de lejía. Mientras mis manos palpaban el diminuto bulto que conformaba mi pequeño tesoro, mi cabeza se entretenía en una grisura interna que proyectaba sobre los objetos que me rodeaban. Cuando estaba a punto de rendirme, fue que el cofre se cayó de mis manos para quedar expuesto ante mis ojos sobre aquellos blancos baldosines recién encerados por el brazo firme de mi madre.

Fue el principio de todo, porque todo comenzó en aquel instante.

Gloria a Dios por las criaturas jaspeadas, creo que leí alguna vez en un poema traducido de no me acuerdo qué autor o autora, de no sé qué país extranjero. Viendo lo que vi se me borraron de la memoria, como por ensalmo, la mesa, las sillas, la coqueta, el cabecero, el armario semiempotrado y las ventanas con su horrible mundo exterior... Y sólo visualicé aquel verso. Porque fue como viajar al este para escuchar el azahar de los naranjos en flor y así entender a las criaturas jaspeadas a las que aludía el poema. Como asumir el desafío de un dodecafonismo emocional recién inaugurado y para el que no había pentagrama posible. Fue furia, revelación, fogonazo, éxtasis, rabia y dolor, alegría, angustia...

Sabía lo que estaba viendo, aunque no supiera qué era.

Acababa de cumplir 15 años y tenía ante mí la fascinación de un objeto inexplicable recién salido de un cofre: unas zapatillas de esparto, diminutas, de una concepción artística hermosísimamente tenebrosa. Casi gótica, en tanto que desobediente a cualquier estética que yo conociera. Siete centímetros de una suela de cáñamo a la que se superponía una mariposa colorista —como salida del pincel del hijo de la luz y del sol, al que otros llaman Van Gogh—, bordadas a mano. Permanecí muda en aquella esquina de la cama, apenas deshecha por la liviandad de mi peso; todavía admirada por la decadencia ojival y descarnada de aquel descubrimiento.

Enarbolando las zapatillas por los cordones me dirigí a la cocina donde mi madre aún se peleaba a brazo partido con la goma rota de una olla demasiado gritona.

—¿Mamá?, estas zapatillas, ¿de quién son?

Silencio. Mi objetivo no era llamar la atención sino obtener respuestas a una evidencia muda que ya anidaba en mi interior.

A aquel silencio le sucedió otro y luego otro, hasta completar varios minutos.

—¿De dónde las has cogido? —preguntó, casi trémula, mi madre.

—Del armario.

Lolita había demorado el momento de las explicaciones. Siempre pensaba que podría ser más tarde, el mes próximo, tal vez el año siguiente. A fin de cuentas la niña era demasiado joven para entender ciertas cosas... ¿Debía o no desaprovechar aquella oportunidad?

—Nadie te manda hurgar en los dormitorios ajenos. Yo no miro en tus cajones, en tus monederos ni en tus cosas...

Comprendí que no iba a ser fácil escuchar una explicación coherente. Soltó la olla. Olvidó el imperioso cocido. Se derrumbó en la silla de baquelita negra que encontró más cerca de su cuerpo. Me miró extraviada como primera estación para terminar hincando sus ojos en el suelo. Como si estuviera haciendo un examen de conciencia. Tras unos segundos su única elección pasó por relatar con voz monocorde, igual que una beata secunda *avesmarías* en misa, la verdad compartida y silenciada, a través de las mujeres de la familia Barroso.

—Las hizo mi tía... En la cárcel.

—¿Tu tía Domi —a la que todos llamaban Oliva— ha estado en la cárcel?

—Ella no. Su hermana Martina. Y la fusilaron acabada la guerra.

—¡Domi tenía una hermana que fue fusilada! Pero... ¿Por qué?

—Porque era de izquierdas.

—No lo entiendo... No se puede fusilar a alguien por ser de izquierdas. Más aún cuando ya se ha ganado una guerra.

—Ya lo creo que sí, hija... Por eso y por mucho menos.

La misma Martina de la que tan pocos datos me daría mi abuela Manola y de la que todo silenciaba la tía Oliva, a la que sólo mi madre y yo llamábamos por su auténtico nombre, Domi.

—La fusilaron en la tapia del cementerio del Este, en La Almudena, el 5 de agosto del 39.

Comenzaba el rompecabezas. Las piezas sueltas de un inmenso galimatías. Una búsqueda laberíntica, interior y exterior a un tiempo.

—La fusilaron porque era de izquierdas, lo entiendo. Pero ¿qué tienen que ver las zapatillas con una tía de la que nadie habla y sólo se menciona su nombre en bisbiseos, hasta el punto de que ni yo misma sabía de su existencia?

Lolita, mi madre, abatida y con los ojos poblados de lluvia, me gritó con la mirada. Me contempló con su voz.

—¡Tu tía Martina fue una de las *Trece Rosas*!

Era la primera vez que oía aquel nombre, aquella denominación en la que incluía a mi tía-abuela en el objeto mudo de un denominador común, que la perpetuaba, más allá de su muerte, junto a doce mujeres más con nombre de flor para toda la eternidad.

—Vamos avanzando: era de izquierdas, la fusilaron y formaba parte de un grupo de mujeres asesinadas a las que llaman las «Trece Rosas», pero sigues sin decirme ¿qué tienen que ver estas zapatillas con ella?... ¿Y contigo?

—Estas zapatillas significan «no me olvidéis». Fueron su carta de despedida la madrugada del fusilamiento. Las cosió para mí. Para ti. Para la hija que tendrás y para la hija de tu hija. Significan lo que tú quieras que signifiquen. Son tuyas, igual que un día me pertenecieron a mí. Yo caminé un tramo de mi vida sobre ellas y tú misma, sin ahora recordarlo, también diste tus primeros pasos sobre ese esparto bordado a mano por una presa. Tu tía, que también era tía mía.

Hay un momento en la familia Barroso en que toda madre debe enfrentarse a ese momento crucial. La consigna de no hablar hasta que la receptora de las zapatillas tenga edad suficiente para comprenderlo había llegado. Lolita —como hiciera su madre Manola hace tantos años con ella misma— acababa de despegar los sellados labios de su memoria para hacer el traspaso de aquel legado de esparto.

Todos los objetos mudos saben contar una historia. Precisamente en su mutismo residen los gritos del discurso que nos quieren narrar. Aquellas pequeñas alpargatas que, sin yo misma saberlo, había reconocido como propias, fueron el principio de todo. Las acaricié con deleite, sabiendo que me acompañarían el resto de mi vida. Entre tanto, mi madre quedaba abatida en la silla de la cocina con un almuerzo a medio hacer.

* * *

Cuatro años después tuve un novio.

Cabal, sereno, culto, pragmático y sensible. Estudiaba Historia a pesar de que sus padres no entendían muy bien los motivos de su elección. Más de mil días después de aquella mañana de conversación y cocido a medio hacer, le conté lo que había de leyenda en las zapatillas y su esparto. Escuchó atentamente el relato y prometió ayudarme a descifrar la certeza velada, oculta, espinada y opaca de mi tía Martina Barroso. Y no tardó demasiado tiempo en arrojar un poco de luz.

Único retrato de Martina adulta, ya que, durante su detención, fueron requisados todos sus objetos personales.

A los tres días exactos de mi confesión, mi entonces novio puso delante de mis narices una revista tan reveladora como urgente. El primer paso que activaría definitivamente el metrónomo interno que se había puesto en tímido funcionamiento cuatro años atrás.

—¿Qué es esto? —le dije mirando una revista de

Historia 16, recién salida del quiosco, que puso encima de la mesa donde esperábamos a que nos sirvieran un par de cañas y tal vez una tapa que forrara el hueco de mis nervios.

—Lo que me pediste. ¿No querías saber más acerca de tu tía Martina?: pues éste es el primer paso.

Ávida, presa de unas manos que se negaban a obedecerme, torpes y convulsas, busqué en el índice de aquella revista hasta encontrar el artículo-llave que abriría un sinfín de puertas que, en aquel momento, todavía ignoraba. Aún no sabía si debía comer la galleta que me hiciera menguar o crecer desmedidamente porque desconocía el contenido, la lucha que vendría de no sabía contra quién. Todo lo poco que necesitaba saber para ubicar en la tierra —las coordenadas espacio temporales del universo, el planeta, la España de la posguerra, el pueblo de Chamartín, el barrio de Tetuán...— a mi tía-abuela estaba allí, mientras mis ojos se sentaron paralizados en el título de un artículo. «Las trece rosas», firmado por Jacobo García Blanco-Cicerón. No pude pasar de ahí. Él, mi novio, atento al insomnio de mis manos, buscó el artículo y lo colocó ante mi desobediente mirada como una madre sitúa la papilla frente a un bebé paralizado por la impericia de comer.

Y eso hice las cuatro horas restantes de cañas y lectura. Engullir el artículo y memorizar cada uno de los datos que en él se relataban. No sólo era Martina, también Anita, Victoria, Avelina, Julia, Dionisia, Virtudes, Joaquina, Carmen, Blanquita y Pilar. Con el tiempo iría descubriendo que le faltaban rosas al rosal de aquel periodista —Luisa y Elena— y que repetía uno de los nombres —Ana—, pero en aquel instante me pareció más que suficiente la información que me aportaba. Ninguna había cumplido los 34 ni bajaba de los 15. Aquello era muy distinto a un cuento familiar para ser narrado en días de tormenta. Era la constatación de un hecho histórico. Una herencia íntima e intransferible que me apelaba desde un silencio tenaz y atronador. Aquello significaba la obediencia a un cofre caído sobre el suelo en un día de zafarrancho familiar.

«No me olvidéis», dicen que dijo Martina.

... Y fue que aquel día comencé a desandar el camino del olvido. De Martina. Mi tía. Una de las trece Rosas. Acaso la número trece.

IV

Era 8 de febrero de 1939

Un día como cualquier otro para levantarse de la cama que compartía con Domi —a la que todos llamaban Oliva; tal vez en clara relación a la tonalidad aceitunada de sus ojos— y prepararse para el aseo diario. Su hermana se reservaba, cada día, cinco minutos para *hacer perezas* —como ella misma lo denominaba— sobre el colchón de lana, aún caliente gracias al rescoldo de los dos cuerpos, mientras Martina intentaba domeñar los rizos de su cabello que tenían una particular autonomía, frente al pequeño espejo que rezaba en la pared de la alcoba. Cuando quedó segura de haberlos domado, se afanó en recoger con una horquilla de plata envejecida uno de sus oscuros mechones y lograr, así, abandonar al aire su pequeña oreja izquierda; se pintó discretamente los párpados y cubrió de carmín sus labios. Identificó su humor con una blusa blanca de cuello bordado y se echó sobre los hombros una rebeca negra que su madre había tejido a mano, no sin impedir que quedara al descubierto la pasamanería de la camisa; sobre la combinación bajera se enfundó una discreta falda gris por debajo de la rodilla y completó su atuendo con unos zapatos negros acordonados, de tacón bajo. Mientras revisaba con la palma de sus manos que cada cosa estuviera en su sitio, se inclinó con mimo sobre su hermana, aún yaciente, y le susurró con los labios muy próximos a la comisura de su oído:

—Oliva. ¡Levántate, o llegaremos tarde!

—Ya voy, ya voy... ¿Hace mucho frío?

—¡Alma de Dios!, ¡estamos en invierno! Retirar la manta es cosa de dos segundos. Te vistes rápido y ya verás como no te das cuenta del relente. ¡Vengaaaa! ¡Date prisa, mujer!

Mientras Oliva se desperezaba, Martina salió a buen paso de la habitación y atravesó el comedor, esquivando en zigzag, como cada mañana, el pequeño aparador contiguo a la mesa y las sillas que su madre se afanaba en frotar con petróleo, vinagre y aceite, para mantener el lustre originario de la madera de nogal que un remoto día fuera nueva.

Salió al pasillo mientras un leve hilo de frío le recorría la espalda, para hacer una breve parada en el aseo hasta recalar en la cocina. Allí, con manos precisas y repiqueteando su escaso tacón sobre el mismo suelo que su hermana y ella misma fregaran arrodilladas con jabón neutro —no sin después pasar un trapo con aceite para arrancarle el bravo rojizo al baldosín catalán—, preparó chesca en el fogón de carbón y puso a hervir la leche que, confundida en achicoria, bastaría para un desayuno en el que ambas ablandarían el pan duro del día anterior. Sopas de leche. Ensimismada en los lapidarios cuadrados del suelo, se detuvo a reflexionar sobre su vida. No podía decirse que fuera totalmente infeliz, pero tampoco podía olvidar que eran tiempos bruscos, convulsos. Perros. Cada vez faltaban más nombres a su lista de vecinos, conocidos y amigos. De su hermano Luis, todavía en el frente, no había ni una carta ni una noticia, siquiera una maleta con sus objetos personales que se postulara como el fin de la espera. En aquel recuento estaba enfrascada Martina cuando asomó el rostro de Oliva con restos visibles de somnolencia aún no apurada.

—¡Qué bien, ya has calentado la cocina!... ¡y hasta has preparado el desayuno! ¡Cómo te quiero, hermanita!

—No te entretengas demasiado haciendo barquitos en la leche o llegaremos tarde a la fábrica.

—Siempre dices lo mismo y nunca llegamos tarde.

—¡Gracias a las carreras que nos damos por todo Bravo Murillo! ¡Venga!, ¡desayuna que yo te espero fuera!

Martina necesitaba aire suplementario.

Desde hacía varios meses no conseguía llenar sus pulmones del todo, como si un peso interno se lo impidiese. Es imposible ganar la guerra, se repetía tragándose sus propios pensamientos. No somos más que un ejército de idealistas; entusiastas, sí, pero con pocas armas y divididos. Hacía tiempo que ocultaba a su familia su militancia política en las Juventudes Socialistas Unificadas —la JSU—. Su hermano Luis, su mentor, su nexo con un mundo lleno todo de losetas amarillas, le había llevado a la sede del Radio de Chamartín, situado en las *40 Fanegas*. Desde entonces ella hacía de enlace, se afanaba en labores de captación, reparto de pasquines... Miró el huerto del que su padre, Salustiano, se afanaba en sacar adelante las lechugas, acelgas y tomates que formaban la principal base alimenticia de la familia Barroso. Unas cuantas cabras correteaban ajenas a las bombas, los carros blindados y el *sitio* de Madrid.

Martina no pudo evitar sonreír al recordar cómo, la tarde anterior, su padre pretendió meter a aquellas siete

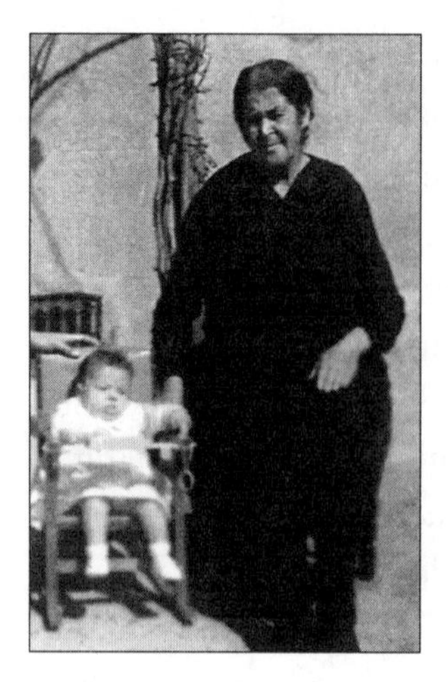

María Antonia, madre de Martina, Oliva y Luis Barroso, junto a una de sus nietas.

cabras al patio interior de la casa, porque venían reventadas de leche y había que ordeñarlas. Su madre, María Antonia, se acuarteló en la puerta como un *Sargento Semana*, negándose en rotundo.

—Salustiano, acabo de fregar el suelo y está completamente mojado... ¿Te parece justo que estas bestias me dejen toda la casa llena de pisadas de barro?

Para acceder al patio interior de la casa había que penetrar en el recibidor, atravesar el pasillo para llegar hasta la cocina y alcanzar, así, la puerta de entrada al recinto donde dormían los *bichos*. Salustiano, paciente, no dijo nada y, sin mayor insistencia, se dio media vuelta, custodiado por sus cabras. En menos de un cuarto de hora había avivado su ingenio para que su mujer no objetase el tráfico

Salustiano, padre de Martina en la puerta de su casa, en la desaparecida calle de Calderón de la Barca, número 1.

de animales a través de toda la casa. Cuando María Antonia vio aquel desfile de cabras calzadas con trapos anudados a las pezuñas, en un remedo casero de las sandalias que otrora llevaran los gladiadores romanos, no pudo por menos que reírse con todas sus ganas puestas.

—¡Eres de lo que no hay, Salustiano!

—¡Qué idea tan buena has tenido, papá! —respondió Martina secundando las carcajadas de su madre—, ¡deberías patentarlo!

A esos pequeños instantes se aferraba Martina para no decaer, para no flojear en aquellos tiempos duros para la razón y el corazón. Inmersa como estaba en sus pensamientos, no vio salir a Oliva de la casa.

—¿Estamos?, ¡pues venga!; ¡aligerando!

Se agarraron del brazo, no tanto para darse calor como para proporcionarse ánimos mutuos, y enfilaron con paso decidido desde su calle, el número uno de Calderón de la Barca, atravesando su cotidiana barriada obrera formada por callejuelas, casas destartaladas y pequeños bares en los que a la caída de la tarde se reunirían los viejos de boina calada para jugar al mus o al dominó. Viejos y niños.

Sólo ellos permanecían dentro de aquel Madrid cercado.

Tetuán de las Victorias era una barriada perteneciente al periférico pueblo agrícola llamado Chamartín de la Rosa que había crecido de forma anárquica. Casas grises, desvencijadas, calafateadas de balcones de los que pendían ropas anodinas y precarias. Aunque la familia de Martina tenía la suerte de tener agua corriente en su casa, no era el denominador común del barrio. La mayoría de los vecinos hacían soviéticas colas, pertrechados de toda suerte de cachivaches, en los patios interiores de las casas donde había fuentes. De ahí cogían el agua para guisar, lavar la ropa y asearse. En las tardes de domingo, un reguero de mujeres y niños se desplazaba algunos kilómetros hasta el barrio de Patolas para acumular en sus vasijas y contenedores el agua proveniente del Canal de Lozoya, de mucha mejor calidad; más agradable al paladar. «El agua del día de fiesta» la llamaban y la degustaban a pequeños sorbos como si de algún tipo de hidromiel se tratara.

Martina y Oliva se vieron obligadas a apretar el paso. Cruzaron la repetida calle de Pemán hasta alcanzar Bravo Murillo. Caminando en línea recta por esa arteria principal, fueron dejando cruces y más cruces de calles archisabidas y cotidianas: María Zayas, Topete, Marqués de Viana...

¡Carrascal, Carrascal!,
qué bonita serenata.
¡Carrascal, Carrascal!,
¡que me estás dando la lata!...

El sonsonete salía de la garganta aguardentosa de un paisano esparcido sobre el bordillo de una taberna cerrada que alborotaba la silenciosa calle y, a un tiempo, lograba conferir a aquel instante un aura de normalidad. Como si no pasara nada; como si la vida fuera buena, bonita y vivible en aquel Madrid acorralado por un puñado de tropas que habían decidido sublevarse. Las hermanas Barroso, sin desabrocharse del brazo, dejaron a la izquierda la Plaza de toros de la Remonta donde un grupo de niños se divertía jugando con palos a modo de fusil, emulando a las partidas de milicianos. La visión fue tan efímera como poco reconfortante... ¿Qué hacían esos niños sin escolarizar?, ¿dónde estaban sus padres? Los interrogantes de Martina se diluyeron en el aire cuando enfilaron por la calle Pinos Alta para terminar en una imperiosa carrera —como cada mañana— y llegar, así, a tiempo de que la encargada de la fábrica de medias de seda en la que trabajaban no las recriminase su retraso. Multándolas con una rebaja en su salario.

Mientras colgaban sus abrigos de recio paño del perchero y se enfundaban el uniforme azul de trabajo, vieron a su padre cómo salía del taller.

—¿Qué tal, papá?, ¿ya te marchas?

—Habéis llegado por los pelos. Ya estaba jurando en arameo la encargada. ¡A ver si conseguís llegar algún día a vuestra hora, caramba!

Salustiano, como trabajo extra, se encargaba cada mañana de ejercer de calderero en aquella fábrica en la que trabajaban sus hijas, junto a otras cien jóvenes más. Además del pequeño sueldo suplementario que se embolsaba, reciclaba ese carbón a medio quemar para calentar casa. Esto sucedía meticulosamente cada mañana, una hora antes de acudir al negocio familiar llamado «Taller de Tinte Moderno», situado en la calle Ávila. Un trabajo con buen salario. Allí pasaba el día tiñendo ropa, platinando mantones de Manila de las escasas clientas que se habían afanado en salvar semejante tesoro. Salustiano, a decir de sus compañeros de trabajo, era un magnífico profesional, aunque el auténtico alquimista era su hijo Marcos, que había conseguido teñir la fibra *al negro*. Toda una proeza de la que, el autor, no desveló jamás un ápice de su fórmula. También Luis había trabajado en «El Tinte Moderno» familiar, antes de alistarse como miliciano en el *Convento de los Salesianos* en la calle Francos Rodríguez, de donde partiría con el Batallón 130

«Capitán Condés». Antes de ir al frente. Antes de enviar cartas escuetas desde el frente... Antes, mucho antes de perder su pista en el frente; muchísimo antes de recibir la noticia de labios de su compañero de Batallón, Rafael Coutado. La trágica noticia de la muerte de Luis. Que todos creyeron. Que Martina desoyó, manteniendo impertérrita su esperanza. Martina se tapó los oídos y se negó a escuchar los detalles de la caída de su hermano. En Barcelona; antes de llegar a Barcelona. No existía; no existía. Porque no era cierto...

Martina era metódica trabajando.

Tan silenciosa como sistemática. Pero su cabeza no cesaba en el intento de eludir las punzadas de dolor que le taladraban. No podía dejar de pensar en el terrible abismo que se había producido en su entorno más inmediato, en su ciudad, en su país, en su pequeño universo de cosas serenas. Madrid estaba dolorida desde el principio de las hostilidades y durante aquellos tres años eran cotidianos los bombardeos de cañones desde la Casa de Campo, donde estaba la línea del frente, cuando no de los aviones alemanes e italianos —los madrileños, con la retranca propia del *Foro*, los llamaban *palomos*—, que sobrevolaban de tanto en tanto la ciudad dejando caer su mortífera carga de manera indiscriminada. Muchas veces había sucedido que Martina y su hermana, junto con el resto de sus compañeras, habían tenido que correr —que era volar— con lo puesto para refugiarse en las estaciones del metro. La de Tetuán, las más de las veces, ya que era la más próxima al taller. Algunas colegas y amigas habían perdido la vida en esa trepidante carrera hacia el sótano más próximo o el túnel de la boca del metro. Por eso Martina trabajaba de forma metódica. Silenciosa y sistemática, con una parte de su cerebro en la labor y otra, como un felino, alerta a lo que pudiera acontecer.

Era el tiempo de las cosas necesarias. Forzoso luchar contra el olvido. Soportar en la espalda la memoria de los que se han marchado, de quienes no han regresado. De los que no volverán... Tal vez —aunque se resistía a pensarlo— como su hermano Luis.

Afrontando la alergia al polvo que despedían las medias de seda que confeccionaba, Martina engullía su escasa ración de comida sin moverse del telar, aguardando la hora en que sonara la sirena que pregonara el fin de la jornada laboral de diez horas. Dolor en las articulaciones y en la respiración; dolor en cabeza, piernas y cervicales. Pero, por encima de todo, dolor en el alma, como una hernia discal allí donde debería haber alma. Arrastrando su cuerpo con la energía que sus 22 años le proporcionaban, cambiaba el mono de trabajo por el mullido paño caliente de su abrigo y se despedía de su hermana en la puerta del taller.

—Ve a casa a ayudar a mamá, Oliva. Yo llegaré en dos o tres horas, más o menos. A tiempo para la cena, seguro. Pero no te entretengas por el camino. Enfila directa a casa, ¿me lo prometes?

—¿Y tú dónde vas?; déjame ir contigo, por favor.

—Donde voy, tú no puedes ni debes venir. Venga, no rezongues y haz lo que te digo. Me debes un poco de obediencia, ¡a fin de cuentas soy tu hermana mayor!

—¿Prometes contarme, luego, dónde has estado?

—Ya veremos. ¡Camina!, ¡venga!, ¡que yo te vea!

Hubo un tiempo en que repartía propaganda... O intentaba captar a nuevas jóvenes para la causa de convertir España en lo que ella imaginaba podría ser un lugar más justo. Incluso confeccionaba uniformes para los milicianos desde las sedes del Socorro Rojo. Todo lo hacía con miedo. Un miedo verdihúmedo que le devoraba todo su ser y dejaba sus miembros en un permanente estado de alerta. Tanto trabajo, ¿tendría alguna compensación? ¿Serviría de algo su humilde aportación a la causa?; ¿a qué causa? ¿Qué trofeo para tanta espera; tanto esfuerzo, tanto miedo?... Si al menos Luis estuviera con ella, si pudiera recibir alguna señal suya desde donde quiera que estuviese. Tal vez habría conseguido llegar a Francia. Eso es. Con toda seguridad habría logrado pasar la frontera y desde allí le enviaría algún mensaje cifrado. El amor sobrevive a cualquier tipo de miedo y sobrevuela toda modalidad de cordura.

Por eso Martina arrinconaba bien sus pánicos hasta transfigurarlos en una suerte de fuerza interior que le hacía desandar el camino desde la fábrica, bajo su abrigo pardo de espiguilla, por todo Bravo Murillo, hasta llegar a la calle Limonero.

La suela desgastada de sus zapatos se detenía cada tarde, la mayor parte de sus tardes, ante el mismo letrero de madera con un cartel escrito a mano a modo de dintel que rezaba: COMEDOR SOCIAL.

Los comedores sociales, apodados Salones de la papilla, *se encargaban de cuidar y alimentar a los hijos cuyos padres estaban en el frente.*

Nubosidad que se alcanzaba a través de un pequeño portón desvencijado.

La mayoría de la población podía acceder con las cartillas de racionamiento a los pocos víveres que le correspondía a cada familia: un poco de azúcar morena mezclada aún con las hilachas de los sacos de almacenamiento, algo de arroz o lentejas —que había que purificar de palitroques o bichos de cualquier forma y textura— y algo de harina de almorta. Los que tenían acceso al estraperlo, porque habían empeñado algo de oro en el Monte de Piedad —claro está, de forma clandestina—, eran unos privilegiados que podían consumir otro tipo de viandas. Tal vez carne de caballo, algunas latas de sardinas, arenques, bocartes...

Mientras, en las entrañas de aquel Comedor Social, Martina se afanaba en alimentar a niños con los primeros síntomas de raquitismo y desnutrición. Leche maternizada en polvo para los bebés que se habían quedado huérfanos, hijos de madres trabajadoras cuyos maridos estaban en el frente... Martina les bañaba, les pesaba, medía e instruía en juegos y procuraba, con toda la disciplinada dulzura de la que era capaz, que engulleran su ración sin demasiados aspavientos. Una madre supletoria por horas. Siempre le costaba dar con sus huesos en el Comedor Social, pero no había tarde en que no saliese fortalecida de aquel cotolengo. Era una privilegiada, en tanto que testigo de una generación que crecería ajena a las bombas y al dolor inmediato, a los que buscaban rincones apropiados para hablar con la boca llena de palabras prohibidas, a los que no acusarían de rebelión por defender un Gobierno legítimo.

Martina siempre demoraba su salida de aquella sede del *Salón de la Papilla*, como era conocido coloquialmente, porque lo que allí hacía y veía era sinónimo de esperanza para su hondo cometido. El hechizo de aquel arrullo le devolvía el amor por lo creado. Sus padres sabían de aquella empresa altruista de su hija pero no hacían comentarios al respecto, entendiendo que Martina era lo suficientemente testaruda como para no dejarse influenciar por cualquier sugerencia familiar. Aquella tarde pensó en acudir a la sede del Radio de la JSU en las «40 Fanegas», pero haber llegado hasta allí hubiera sido un suplicio digno de cualquier mártir. Y ella no lo era. Tan sólo una mujer. Comprometida —¿qué palabra era aquélla?, se preguntaba—, pero sólo una mujer. Con dos brazos, dos piernas, una cabeza que no cesaba y un solo corazón que no lograba abarcar en aquel día, y a esas horas... En el que se estaba difuminando su perenne serenidad.

De tal modo que decidió enfilar sus pasos hacia la blanca paz de su casa en la que no había una guerra ni rastros de batalla alguna y sí la risa benéfica de su madre, que era como la campana de una ermita encalada en medio de una verde pradera. Y las bromas de Oliva que constituían un saludable paréntesis en sus jornadas de dieciocho horas. Por el camino se cruzó con vecinos que transportaban esqueléticos boniatos que, a buen seguro, constituirían su única cena. Otros hacían lo mismo con espigas o bellotas, que comerían asadas y que habrían recogido, sin duda, en los campos de Fuencarral o en los montes de El Pardo. Ella no cenaría huevos; eso era seguro, pero tampoco se iría a la cama con hambre.

Al llegar a su calle, y antes de entrar en su casa, miró a su alrededor la grisura que lo envolvía todo como una añada de niebla perpetua. Y sintió frío. Un frío que le venía de dentro y que le impelía a buscar asilo y reposo en los lejanos días de su infancia cuando el mundo era más bonito, visto desde el enmarcado cielo del colegio de las Adoratrices. Todavía, por aquel entonces, las monjas no obligaban a las niñas a *declarar*, cada lunes, el color de la casulla del sacerdote, para averiguar si había acudido a misa el domingo anterior como ahora debían hacer los escolares. Aunque en aquellos lejanos días en los que una vez fue niña también había represiones. Era una dictadura a la que bautizaron «el Directorio Militar». Su artífice, Primo de Rivera, sumergió a la población en un tempo confesional, sin libertades, ni igualdad entre sexos, ni derechos de los trabajadores... Pero Martina, a pesar del mundo exterior y su sinsaber, vivía ajena a todo territorio represivo porque Luis estaba con ella para confortarla y, junto a él, la vida era menos severa. ¿Estaría ya en Francia su querido hermano?, ¿habría conseguido cruzar la frontera, alcanzar Colliure, como el poeta amante de los campos de Castilla, y recitaría, tal vez como él, lo hermoso de *estos días azules y este sol de la infancia*? Lo que en ningún modo era cierto, no podía serlo, es que hubiera caído en el frente de Barcelona. En ningún momento Martina se permitió semejante duda, que hubiera clausurado todo tipo de esperanzas.

V

Paloma, 2004

Sucedió que atravesé una línea; abrí un pórtico donde no sabía que antes existiera algo. Podría no haber sucedido y ahora estaría indemne. Podría no haber enarbolado curiosidad alguna por un pasado que no tenía por qué humedecerme de vino anciano y estallarme por dentro. Podría haber vivido con la duda o sin la duda siquiera; pero se abrió la puerta donde antes no sabía que hubiera puerta alguna.

Después del artículo de aquella revista, *Historia 16*, no podía ni quería ni debía ni sabía detener la búsqueda que me guiaba hacia monstruos heptacefálicos, queridos fantasmas, desconocidos ancestros que eran, habían sido antaño de piel y hueso, uñas, cuellos y estómago con varias entrañas; con sueños interiores, habitaciones secretas, intereses de altos vuelos, emociones sin desportillar y luchas que primero fueron júbilo para después tornar en rendición —¿redención?—. Hombres y mujeres que se habían equivocado —tal vez habiéndose citado con la razón—, que gritaban en voz alta que estaba *prohibido prohibir* y, por ello, la intrahistoria de otros seres tan anónimos como ellos, les había silenciado a golpe de Panzer, dudas, hambre, torturas, pánico y paredón... Si algo he aprendido es que eran tiempos de miedo. Pavor repartido de forma alícuota. No por nada se estaba abriendo la puerta largamente cerrada, dejándome penetrar con desorientados pero firmes pasos.

Lo que no puedo negar es lo que aún ignoraba en ese momento: que escoltar el rastro de Martina implicaba, inevitablemente, seguir las huellas de su hermano Luis, que tanto afirmaban como desmentían, y temblar con el aire nuevo que él me traería de fuera, de las arenas negras, del vendaval del desaliento.

Tan Barroso García como ella.

Como muleta de búsqueda resultaron de una generosidad imprescindible las memorias del teniente coronel del XV Cuerpo de Ejército Manuel Tagüeña Lacorte y su «Testimonio de dos guerras»: las rojas colmenas de su alistamiento en el Colegio de los Salesianos de Francos Rodríguez entre un maremagno de cientos de milicianos voluntarios que formarían la columna vertebral del EPR —Ejército Popular Republicano—, en el que, por casualidades del destino, coincidió con José Ángel Jiménez García, abuelo de mi marido, y a quien menciona en estas páginas más que nombra. El periplo de aquella quinta —próxima a la que denominarían *del chupete*— fue incesante, exhaustivo, itinerante y doloroso: Guadalajara, Valencia, Villarluengo, Albocácer, Monroyo, Torrevelilla, Cordoñera, Las Matas, Aguaviva... ¿Hasta dónde me conduciría el rastro de Luis?

A medida que reanudaba el camino que me convocaba siete décadas atrás, todos los pasos me conducían al espectro de mi tío-abuelo y fui inesperadamente dúctil y maleable, como ciertos metales lo son, para con mi propia necesidad. Aunque en ningún sitio había quedado grabado en piedra el destino, recorrido, funciones y andanzas de aquel hombre-miliciano-ancestro que me hacía llegar hasta un punto de inflexión en el que se hacía muy complejo continuar; golpe en el estómago. Un saber que no era saciado. Barcelona 1939. Antes de alcanzar Barcelona, incluso...

Hubo mucha lectura de papel color carbón y demasiada memoria impresa buscando un único nombre en todas las listas de desaparecidos. Tal vez todo se reduzca a eso: a una necesidad de servicio. Quizá la vida entera sea un andén de servicio. Uno de los libros más reveladores fue *Madrid, qué bien resiste*, en el que descubrí que el Quinto Regimiento se había alistado en el convento de los Salesianos de la calle Francos Rodríguez, y de entre los miles de milicianos que dieron su nombre para marchar al frente, había sólo uno que me interesaba.

Aunque debía estar equivocándome en algo. Pocos meses antes de estallar la guerra, mi tío-abuelo Luis, el hermano de Martina, había sido operado de una hernia discal que le había provocado el tránsito hacia una leve cojera. El 18 de julio del 36 todavía se encontraba en fase de recuperación, arrastrando sus pasos por un Madrid con pocos escaparates, mucha gente en las aceras, edificios abandonados o semiocupados y tiendas alumbradas pobremente, por lo que no entendía cómo, dos días después, podía haber acudido al Cuartel de la Montaña, acompañado de su hermano Marcos, mi abuelo, para coger un arma con que alistarse en el Quinto Regimiento. Batallón 130. «Capitán Condés.» Tercera compañía.

¿Las cosas suceden de esa forma expeditiva como si no hubiese gradación intermedia? ¿Qué ley autorizaba ese brusco tránsito de la tullida tranquilidad a la beligerancia extrema?

Me gustaría recordar cada una de mis caminatas en aquel itinerario bibliográfico, pero no apunté el desordenado modo en que un libro me llevó a otro y, éste, a un tercero, como el viaje sinuoso a través de las callejuelas de un pueblo mal diseñado por un arquitecto empeñado en acorralarte en angostillos sin salida. Sí guardo en la memoria el momento en que, después de perdido Luis, le reencontré de nuevo, debido a la *reorganización del Ejército Popular*, a partir de enero del 37. Habían desaparecido los nombres de los batallones tal y como fueran concebidos—que constituyeran mi invariable nexo de búsquedas y encuentros— y fueron agrupados para formar Brigadas Mixtas.

Soy consciente de que, la de Luis, es una más de tantas historias de lucha, esperanza y fe en un mundo lleno de litorales maradentro, ajeno a las limosnas de los derechos y deberes fundamentales, hilván de sueños, palabras y hechos. Pero es mi historia. La genealogía de un compromiso. La genética de una necesidad. Una búsqueda que primero fue curiosidad para luego restituirse en emoción hasta concluir en ferocidad. Madura, en su justa medida. Pero intensa y sin fisuras. ¿Qué haría con todo ello? La gravedad de cualquier pergamino terminaría arañando con tinta aquello que Martina y Luis vivieron con sangre.

Mi madre, Loli —la pequeña Lolita hoy convertida en única albacea del pasado—, nexo perenne aunque invisible con Martina a través de sueños y apariciones de arena, alimenta mi información, asegurándome que Luis fue «cabo» para luego ascenderlo a «sargento» y convertirlo por último en «teniente». ¡Comandante!,

¡llegó a ser comandante!, me comentó una mañana logrando atragantarme el café con leche del desayuno. Hay rincones de la memoria que ensanchan los recuerdos de lo hablado en voz baja. Lo nunca bien pronunciado. De ahí los sucesivos errores de mi madre.

En un día vítreo me enfrasqué en un viaje interior de consecuencias de techo alto, para acudir a la Hemeroteca Municipal de la calle Conde Duque, dispuesta a encontrar el nombramiento microfilmado del cabo-sargento-teniente-comandante.

El Diario Oficial de Guerra me desconcierta tanto como la luz rubia y fría pueda atenazar a un murciélago acostumbrado a la oscuridad: miles de nombres y apellidos aglutinados, apilados, compilados y adheridos sin ley que obedezca a ningún tipo de orden. Nombramientos, arrestos, bajas por enfermedad, fallecimientos... ¿Qué Brigada era la de Luis? ¿En qué nombre de batallón había agazapado su futuro —que hoy, y para mí, era pasado de cenizas— mi tío-abuelo perdido y no hallado ni aun en el vientre de aquellas microfichas? No quedó más remedio que buscar a Luis por su nombre de pila. ¿Alguien tiene una idea de la cantidad de cristianados con el mismo nombre que hubo en aquella época? Ni Horacio, ni Virgilio; tenía que ser Luis. Detrás de un nombre tan apacible, sólo cabía esperar una búsqueda tan compleja. Hay oficios duros de largos horarios por lo que me empeciné en cumplir mis jornadas melancólicas armada de una paciencia que acababa de brotarme como un nuevo miembro: Luis, Luis, Luis, Luis. Uno por día. Uno por mes. Mes tras mes. Hasta recalar como por casualidad —¿causalidad?— en septiembre del 38 y, con los ojos cansados y la vista llorosa por la lectura rápida de aquellas letras que ya eran patas de mosca, tropecé con noviembre. Buen mes. Mal mes. Un mes como otro cualquiera para encabezar el nombramiento de teniente con carácter retroactivo —en abril del mismo año; buen mes también— del que fuera el sargento Luis Barroso García. Así, jueves a jueves. Semanas de anchas horas que empezaron el mes de las flores y culminaron en julio del pasado año. Acogí el dato en mi santoral íntimo para grabarlo a fuego: aquello que comenzó en el Quinto Regimiento culminó en la 33.ª Brigada Mixta. Teniente. Mi tío-abuelo. Rastro perdido y hallado. Aunque escrito con humo, con humo queda. El hermano de Martina ingresaba en mi vida.

La que no debía marchitarse, como tantas. Como ninguna.

Aquella dulce carne que, aún hoy, huele a rosa.

¿Cómo lograríamos olvidar el obsequio de los sueños de miles de hombres empuñando una esperanza por fusil?

Los huéspedes de aquel tiempo seguirían arrojando mucha luz sobre cualquier folio en blanco, igual que todos esos cuerpos inútiles que llenan la memoria. Igual de baldíos. Igual de pletóricos. Igual de vivos. Ilusionados para siempre. Movida por esa esperanza, paso a paso, atravesé los estudios de *Hartmut Heine, Fernando Hernández Holgado, Ricardo Miralles, Ángel Luis Abós, las vivencias de Juana Doña, Tomasa Cuevas, «El hambre en el Madrid de la Guerra Civil» de Carmen y Laura Gutiérrez Rueda, la cotidianidad de la época de mano de Rafael Abella, la despierta paciencia de Dulce Chacón...*

A pesar de que mantengo con el frío una difícil relación, un martes de diciembre de 2003 me encaminé al Archivo General Militar de Ávila para rastrear información sobre la 33.ª Brigada Mixta, que era un punto de partida y un postigo cerrado al mismo tiempo. Papeles anchos, rectangulares, subyugados por el peso del tiempo, me informan de muy poca cosa: estadillos de intendencia, comida, municiones, pero de nuevo se franqueó una puerta, el resquicio de un portón, diría, que me informa de la creación de la Brigada en cuestión: «el batallón 130», «Capitán Condés» queda organizado por las Juventudes Comunistas y Socialistas Unificadas del entonces pueblo madrileño, Chamartín de la Rosa, pasando, el 7 de enero de 1937, a agregarse a la 33.ª Brigada Mixta con la denominación de «2.º Batallón». El Ejército Popular se había organizado. Había dejado de ser algo más que un grupo de insubordinados que hubieran deseado ralentizar las armas para empuñar el diálogo.

No hubo posibilidades subjuntivas. Por ello se organizaron.

El frío de Ávila había despejado dudas. Muchas dudas. Y me traje como recompensa un puñado de calor hacia mi búsqueda madrileña. En el camino de vuelta deduje que pudo haber pertenecido al citado batallón, pero, aun así, sostuve en alto mis recelos: bien podría haber pertenecido al 129 o al 131. Me inclino por elegir el 130, a tenor del barrio y por la referencia explícita de las JSU. Las encrucijadas exigen tomar opciones y yo me decanté por el camino de aguantar el frío contra el fraude. Opté.

En aquellos días aún tenía miedo a quedarme a solas con Martina, dentro de ese silencio habitado por gélidos datos en que se había convertido la búsqueda de su hermano. Para mí era más fácil amar a Martina, y ella, desde donde quiera que estuviese, debía saberlo. Tal vez por ese motivo, la atención se tornó en ecuánime y paralela. Los pocos restos que quedaban de aquella mujer de realidad interna y vestidos oscuros y discretos; la diminuta fotografía recién recuperada, de un pretendido novio que encontró acomodo en su corta soltería, fechada en el *Estudio Roca* (Tetuán 20) —«porque de esa perra no os va a quedar ni un solo recuerdo», dijeron. Los que vestían de gris. Los señores de la guerra—, la altísima verdad expresada en aquellas zapatillas de esparto. El retrato de boda de su hermano Luis, con su esposa Encarna. El silencio de mi tía Domi —Oliva; toda ojos y esmeralda—. El martilleo incesante de una historia a medio contar porque estaba hecha de silencios, confusiones y el torneo a muerte por la sana curiosidad.

Para mí no fue difícil amarlos en la búsqueda ecuánime y paralela, ajena a las puertas que se habían cerrado tras ellos. La cálida certeza de un próximo encuentro...

Seguí el rastro de Luis mientras se sucedían las primeras entrevistas con mujeres y hombres que habían compartido celda, sueños, miedo y fulgor de espinos con mi tía: Nieves Torres, Mari Carmen Cuesta, Josefina Amalia Villa, Concha Carretero, Ángeles García-Madrid, María *sin apellido* (como ella pidió salir en estas páginas; todavía con voz silenciada por el temor), Leandro González. Peticiones de documentos. Placas conmemorativas, celebraciones todos los 5 de agosto y cada 8 de marzo; simposio, archivos, bibliotecas públicas y privadas, fotocopias de libros descatalogados, ayudas de asociaciones, amigos, expertos, curiosos. Instancias de ayudas en mi camino desnutrido e interminable.

La voz dormida que dijera mi admirada Dulce Chacón —hoy ella, también *dormida*, y, ¿quien sabe?, acaso saciadas todas sus preguntas—, comenzó a susurrarme algunas piezas del inmenso galimatías que eran las industrias y andanzas de los hermanos Barroso.

Una lección que he aprendido en estos últimos meses es que hay que abrigarse frente a los datos inesperados porque siempre proporcionan un frío inmenso. Es interesante que cualquier buscador de perlas —y hasta orquídeas— lo tenga muy presente, porque en el momento de mayor oscuridad, un faro en el acantilado arroja tanta luz, de forma inesperada, que no puedes por menos que quedarte vítreo ante el dato que parpadea ante tus ojos.

Me acordé de las palabras de una canción de Sade *(I want to cook you a soup that warms your soul: quiero prepararte un caldo que caliente tu espíritu)*. Qué bien me hubiera venido esa sopa lírica.

De nuevo la revista *Historia 16*, titulada «Milicias y ejércitos» sobre la guerra civil, me remonta a una lejanía luminosa de viento afilado: «en el Archivo Histórico Nacional de Salamanca, sección guerra civil, existen fichas de 26.662 milicianos del Quinto Regimiento».

Inesperadamente indulgente ante el frío interno descuelgo el teléfono.

—Archivo Histórico Nacional de Salamanca, buenos días...

Voz armónica de palabras repetidas.

—Buenos días, señorita. Llamaba para ver si puedo obtener información de una de las fichas de los más de 26.000 milicianos que obran en poder del Archivo.

—Mmmm... Un momento, por favor. Le paso con un compañero de documentación.

En el umbral del auricular me tiembla todo el cuerpo. Ya no era frío; estaba toda vestida de agua. De lluvia. Sudor ácido. Agua nieve que eran lágrimas. Miedo.

El gato cuántico del cerebro: puede estar y puede no estar la ficha de Luis. Incluso puede no estar, estando. La caricia cálida de la sintonía de espera —*Sonata para Elisa*: ninoninoninoninoni, nonononi nonononi, ninoninoninoninoni, nononi nononi— tranquiliza el escozor contenido en alguna parte de mi cerebro.

—Sí, buenos días. ¿Dígame?

De nuevo la armonía de la repetición verbal, numerosamente reiterada. No habría escala tonal fuera de lo convenido en aquel centro.

—Le decía a su compañera que intento saber si obra en su poder la ficha referente al miliciano Luis Barroso García, perteneciente al Quinto Regimiento.

—Un momento, por favor. ¿Me repite los apellidos?

—Barroso García.

Tecleo áspero, metódico y mecánico al otro lado del auricular. Mantengo mi respiración en la textura justa para no importunar el tímpano de mi interlocutor. No desafiar su concentración. No equivoque el apellido y me remonte a otro nombre. Otro miliciano. Otra historia. Que es de otro alguien y no me pertenece.

Luis Barroso y su mujer Encarna. Un mes después, el hermano de Martina se alistaría en el 5.º Regimiento, Batallón 130, Capitán Condes.

—Aquí lo tengo. De nombre Luis, ¿verdad?

—¿Me puede leer qué figura de él?

—Luis Barroso García, alistado en el Quinto Regimiento, que luego se adscribió al Batallón 130, «Capitán Condés», 3.ª Compañía...

Nada nuevo bajo el sol. Papeles de seda, de estraza fina y de pergamino de diversos matices, para llegar a conclusiones exactas. Cuando me disponía a dar las gracias por nada, prosiguió con tono monocorde:

—... En el año 36 tenía 26 años, su profesión era la de tintorero y también figura su pertenencia a la UGT.

Falsa alarma: no eran más que las calles por las que paseaba cada día desde hacía un par de años.

—... Y, espere un momento, señorita. Tenemos dos fichas pertenecientes a él. Pero una revela un dato importante: que fue sargento desde el principio.

Luis no me preocupaba más que Martina. Simplemente me estaba dando más trabajo.

Ante mi tía sólo iba armada con mi necesidad de ella, pero había sido humilde incluso en sus andanzas y sólo podían darme razón las bocas que me hablaban llenas de recuerdos, a veces certeros pero, las más, confusos. Eso era todo. Todavía me maravilla después de tanto caminado, cómo, aun después de analizado bajo el microscopio cada pequeña fotocopia, cada legajo, cada documento caído en mis manos, sólo se repetía una idea clara: que la historia de ambos corría paralela. Que no tenía sentido la una sin la otra. Una vuelta de tuerca al pasado por el que me había colado a través de la tibia memoria de los que viven y los húmedos papeles de los que estudian.

Dos muertes sin cuerpos a los que llorar. Hisopo invisible; amor por lo creado.

Dos asesinatos no superados por la familia. Los no sepultados son muertos vivos que atenazan desde la trastienda de su invisibilidad permanente.

Una cartografía ocultada seguía estrechando el nexo de los dos hermanos, más allá del tiempo y la muerte —que otros llaman olvido—. Uno caído en una batalla de aún no se sabe dónde; la otra engrosando las listas de los miles de Crímenes de Estado cometidos finalizada la Guerra. No es de extrañar que la familia terminara encharcándose en el musgo de la umbría: María Antonia enfermó de corazón, mi abuelo Marcos ahogó sus penas en todo el alcohol que cupo en su vaso para saciar la sed de sus labios secos e impotentes. Domi —Oliva— terminó por perder la razón... Porque, por si alguien aún no lo sabe, uno termina por volverse loco cuando quienes hemos amado mucho se convierten en sombras fugitivas.

No deseaba, a pesar de tanto frío predador como acumulaba mi búsqueda, que el pasado me atormentara también a mí tanto como a ellos. Por ese motivo, dentro de mi cuerpo lleno de huesos que me empujaban a desistir, deseaba continuar los pasos de esa niña envejecida por el dolor, llamada Martina, que, de repente, comencé a amar y deseaba seguir amando. Congregada en torno a ella, deseé ver cómo la mataban, aunque fuera sobre el papel o a través del testimonio directo de alguien —o *alguienes*—, para así redimirla del olvido. Del temido olvido que ella manifestó una única vez en su vida.

... Todo ello, mientras me restregaba los ojos después de los últimos libros leídos, excursiones a los sótanos de la memoria abstraída en los líquenes de un hombre que pretendía llegar a Francia.

Que no vio Francia, jamás.

Siquiera Colliure.

VI

Marzo de 1939

Martina acudía muchas noches a dormir con su cuñada Manola y allí viajaba a través de su voz por las regiones clausuradas de su mente.

—Martina, ¿qué día es hoy?

—1 de marzo. Del 39.

Tres meses sin saber nada de Luis. Un mes desde aquel escueto mensaje boca-oreja que trajera Coutado. *Luis no volverá,* dijo. Miente. Todos mienten. Hasta las cartas que no llegan, mienten.

Ya había pasado el tiempo de las esperanzas, aunque Martina siguiera tejiéndolas con el mismo cáñamo de paciencia que las alpargatas en las que se afanaría. Pero eso sería más tarde. Perfeccionismo puro. Le daba cierto placer que las cosas encajaran en su sitio. Los calcetines con las medias, las sartenes con los cazos. No atravesar la línea del desorden para no tener que sufrir con las cosas difíciles de alinear una con una. No sabía explicárselo a sí misma —¿cómo puedo seguir creyendo en lo que nadie cree?— pero, más que un acto de fe, era pura necesidad. Cómo puedo, se preguntaba. Aceptaba el silencio de todos aunque no lo compartía. ¿Aceptar, respetar, compartir? Todo viene a ser lo mismo; nada es igual.

Es por eso que se pensaba sola en una vida rodeada de gente, en una vida que le venía grande de mangas, hombros y sisa, como diseñada por un pésimo sastre. Luis no volverá, le decían todos.

Luis. No. Volverá.

Pero Martina, que amaba el orden, sólo creía lo que estaba dispuesta a creer. No improvisaba nada.

Manola era la mujer de su hermano Marcos. Su marido también estaba en el frente —¿tal vez con Luis?; vivos los dos. Vivo Luis— y con ella compartía muchas noches de escasa cena —aquel día había sopas de ajo y tres huevos para las dos, con pan blanco para untar. Las gallinas que criaba Salustiano ofrecían esa humilde gran recompensa para toda la familia.

Marcos Barroso, hermano mayor de Luis y Martina, casado con Manola y padre de Lolita.

A Martina se le indigestó un tanto la cena recordando —¿por qué tendría esa rara habilidad para no olvidar?— aquel artículo que había leído en el *Claridad*, periódico socialista de Madrid: «Hace por ahora un año la comida en Madrid no sólo era escasísima, sino que se requería, para adquirir la poca que se obtenía, un verdadero heroísmo. Las colas sufrían dos amenazas: una, la de los obuses; otra, la del frío. A veces recibiendo una lluvia helada, se estaban hasta mediodía y la tarde siguiente. A 3 y 4 grados bajo cero. Un día, otro día, y otro día...» Desde el 37 para obtener huevos, pescado, carne y leche se exigía receta médica. Luego se racionaría el pan: 150 gramos por persona. Eso sólo tenía una consecuencia lógica: malnutrición crónica. Epidemias. Pandemias que asolaban la población infantil y adulta.

Por eso, Martina pringó los huevos de las gallinas de su padre, con delectación. Con culpabilidad. Con placer y vergüenza. Después vendría la sobremesa con orujo de caña que su cuñada destilaba en un alambique casero y que, a falta de carbón, bien calentaba por dentro.

Y la cama. Mesas, sillas y colchón con nombres escorados; órdagos a la miseria. Como sólo tienen los que se asoman al abismo. A la salida del Comedor Social, Martina prefería acompañar la soledad de su cuñada, que era su propia soledad. Tras la charla por sobre el ruido de cucharas y tenedores en los que Luis y Marcos —especialmente Luis— estaban entre ellas, tanto como lo había estado el aguachirle de la sopa de ajo que sirvió de anteplato al festín de los huevos y el pan —que no era moreno, gracias a Dios—, Manola recogió la mesa en silencio, dejando a Martina dentro de la memoria que acompañaba su rostro. Fregados, secados y colocados los escasos utensilios de la cena, Manola rompió el discurso interno de su cuñada. Las blancas losetas de la cocina se pusieron en situación de alerta.

—Hace una noche bonita, ¿verdad? Fría, pero bonita. Como las de antes.

—¿Qué es bonito y qué feo, Manola?

—Lo hermoso lo es siempre a pesar de las circunstancias. Lo horrible, lo llevamos dentro. Los hombres y las mujeres somos así.

Manola, cuñada de Martina. Las dos mujeres se profesaban un profundo afecto.

Las palabras de Manola le calentaban el corazón. Ejercía de analfabeta —*es mejor hacerse el tonto; todos te perdonan los traspiés*— pero tenía una sensibilidad para entender los ojos ajenos, a prueba de toda duda. Por eso, cuando podía, en lugar de ir a dormir junto a su hermana Oliva, se quedaba en la contigua casa de su cuñada. Consecutiva. Más pequeña, menos caldeada, pero con la envergadura de un refugio. Cuando la comprensión es dulce y triste a la vez, se acepta todo. La buena compañía, incluso.

—¡A la cama, Martina! El estómago caliente endurece la resistencia del sueño. Las tripas están más cerca del corazón de lo que creemos.

Y Martina se despintaba los labios color vino tinto que se había perfilado varias veces al día para anular de su rostro el espanto que paseaba Bravo Murillo arriba, Bravo Murillo abajo. Para disminuir su tristeza en la fábrica, con las amigas, con los niños en el Comedor Social... Como si aquellas tintadas consecutivas de color sobre sus labios pudieran amputar el dolor que sentía. El miembro del miedo, la clavícula del pavor instalada en sus huesos.

Cayó al suelo la falda como el bandoneón de un viejo tanguista porteño y la dobló cuidadosamente. Se deshizo de la rebeca y desabotonó la blusa eternamente blanca y almidonada. Serían su uniforme de mañana y pasado y al otro. Con las medias tuvo más mimo. No eran tiempos para derrochar el dinero en frivolidades. Doblado su ajuar diario se metió en la cama compartida, vestida con la combinación que le acompañara todo el día. Sábanas frías. ¿Para qué sirve el frío? ¿Cuál es la utilidad de tener fuera lo que ya se tiene dentro? ¿Para qué sirve una cama cuando no se puede dormir? ¿Para qué sirve una silla? ¿Para qué sirve un jarrón? ¿Para qué cosa sirve una guerra? Las personas que tienen los ojos verde oliva piensan las cosas más insospechadas.

—Calienta mi lado de la cama también —replicó Manola con su tono de mala leche, habitual. Que más que enfado, era un modo de comunicar calor, en su idioma pagano.

Ya en la cama, que era un compás de espera hasta el día siguiente, los ojos de Martina no se abrían. No se cerraban. Porque su cuñada le describía esfectísimas batallas para no dormir mientras ambas se acurrucaban en el colchón de lana para resguardarse del centrífugo frío de sus cuerpos, tan gélido, como el centrípeto relente de aquel Tetuán de la Resistencia.

—¿Quieres que te cuente las andanzas de Luis?

Una propuesta así no se rechaza. No al menos Martina, que llevaba meses sin saber de su hermano. Su tutor. Su abrazadera en este mundo que ahora parecía sólo de unos pocos. ¿Qué hace una mujer cuando sus asideros se vienen abajo? Escuchar. Escuchar las palabras encurtidas de quien tenga cosas que decirle.

—Después de alistarse en los Salesianos, salió en marzo del 38, formando parte de la 33.ª Brigada Mixta de Infantería de la 3.ª División, Cuerpo XV del Ejército Popular Republicano.

—¿Hacia dónde?

—Su división, tras varios meses de entrenamiento, fue enviada de forma urgente para frenar la ofensiva que había roto el Frente de Aragón. Al mando: el teniente coronel Tagüeña.

—¿Estás segura, Manola? ¿Cómo puedes saber tantos datos, sin saberlos?

—Porque lo estoy viendo. Como las películas que veíamos los domingos en el Cine Europa. Primero una secuencia, luego otra... y otra. Escucho los diálogos, huelo su miedo, siento el hambre, el frío y la ferocidad que les empuja; creo que el 16 de marzo, desde la Sierra, marcharon hacia el Frente del Este.

—¿Cuántos van junto a Luis?

—Sólo dos brigadas: la 31 y la 33, divididos en muchos camiones. Veo a los hombres contentos y orgullosos de actuar, por fin, como división de choque.

—¿Hacia dónde?

—Creo que... Espera. Sí. Villarluengo. Es chocante que sepa pronunciar un lugar que no sé ni dónde está, ¿no te parece?

—Me da miedo, Manola. Luis no tiene medida. Además de que le empuja un deseo irrefrenable de no decepcionar. Me da miedo, Manola. ¿No ves la tiritera que me ha entrado?

—Arrímate a mí, niña. Tranquila. De momento, tranquila. Dios aprieta pero no ahoga.

Desnortada sin Luis, sólo podía ampararse en lo que Manola sabía, o creía saber. O inventaba. Qué más le daba a Martina. Destituida de su propia vida sin su hermano, sólo su cuñada se acercaba a Dios: el que ve sin ser visto.

—Respondo de ello... Lo veo. Puedes creerlo o no, niña.

Y más se acurrucaba la niña a su cuñada, para sentir, no sólo calor, sino la evidencia que ella tenía de ver a Luis, vivo, feroz y hambriento sobre el campo de batalla. Vivo aunque fuera en un caleidoscopio, inmerso en un tiempo que no estaba a su servicio. El calor de Manola le traía hasta su pecho tesoros de años lejanos en estos días de barbecho.

(Llegarían pronto los tiempos en los que sería una de las Trece. Pero aún faltaba un poco. Y se sabrá por qué. Aunque nadie miente: llegará el momento y será el colmo de aquel agosto.)

Asomándose al borde del abismo seguía preguntando.

—¿Qué más ves, Manola? Pero no omitas nada. Dime la verdad, que sabré ponerla en su sitio.

—Veo un puesto de mando en La Pobleta, en un caserío en la Raya de Aragón. Muchos hombres. Un convoy. Reciben órdenes del Ejército de Maniobra. Creo que Luis está en... Monroyo. Sí. Puedo verlo allí donde ni tú ni yo estaremos jamás. Se preparan por la noche para la batalla del día siguiente. Porque lo que tendrán enfrente no es poca cosa: divisiones italianas bien pertrechadas. Los Flechas Negras.

—Sigue, sigue... —respondía Martina asomándose al borde del precipicio. Aún no era una rosa; lo sería. Pero, mientras, tenía que girar los ojos para mirar. Escuchar.

—Ahora sólo veo futuro. O pasado. Quién sabe. He perdido a Luis. Porque se me agolpan las fechas. Veo que se producirán o se han producido combates encarnizados en el amanecer de La Codoñera y en Torrevelilla. Pero resisten. No les hará retroceder el ejército italiano. A pecho descubierto, sin alambradas ni fortificaciones. También veo muchos «palomos», aviación muy moderna que italianos y alemanes están ensayando sobre nuestros hombres.

—No podrán con ellos. Son un ejército popular, material humano inmejorable aunque estén poco entrenados. Han tomado las armas por propia decisión para defender aquello en lo que creen... Aunque Luis sólo es un tintorero. Del tinte moderno. Nada más.

—No temas, hay veteranos entre ellos. La fuerza de los voluntarios sumada a la experiencia de los que saben. Utilizarán mejor la defensa que el ataque. Eso es bueno. Habrá desastres, pero los generales enemigos no saben aprovechar la audacia de su ejército. Bueno para los nuestros. Confía en mí, Martina.

—Les están llevando a cualquier parte sin llegar a ninguna parte...

—Llegarán al Ebro. El general Yagüe atravesará por sorpresa el Ebro. Ocupará Bujaraloz y acelerará el hundimiento total de nuestro frente. Nuestro V Cuerpo tratará de organizar una línea sobre la margen derecha del río Matarraña. El teniente coronel Tagüeña intentará organizar el repliegue y evitar que cerquen su División. Pero, aun así, al anochecer el enemigo les tiroteará desde las lomas de la carretera Monroyo-Alcañiz, mientras la 3.ª División cubrirá la carretera de Valderrobres, suponiendo que esté cortada. Tendrán órdenes de reserva: retirarse y atravesar el macizo montañoso en dirección a Roquetas, junto a Tortosa.

—Fechas, datos, sitios, que no has visto jamás ni en

los mapas. ¿Qué fuerza te permite ver todo esto? Nombres, hombres, ataques, retiradas...

—Los «blancos» me lo cuentan. Me abren cortinas para que vea incluso lo que desconozco. Los «blancos», mis seres de luz, quieren que sepas. Que te prepares para cualquier eventualidad. Saber no es malo, Martina; aunque sí doloroso. Calla y deja que sigan contándome:

»Todo Aragón será ocupado por el ejército sublevado. Detenidos en la línea del río Segre deberán resistir al menos tres días para que terminen de pasar las reservas que iban del sur a Cataluña. Y tapar, así, el boquete abierto en el frente. Las JSU harán grandes movilizaciones, reuniendo batallones de refuerzo. El 2 de abril: la defensa del desfiladero de Cherta salvará, de momento, Cataluña. Luego una pequeña estancia de reserva junto a Tortosa. Por esas fechas a Luis le nombrarán teniente, coincidiendo con la condecoración que recibirá el teniente coronel Tagüeña: *la Medalla de la Libertad*.

Manola estaba casi en trance. Un estado de semiinconsciencia que seguía haciendo tiritar a Martina. Pero le resultaba más saludable saber, aunque fuera de aquel modo tan heterodoxo, mucho más que arrastrar un fantasma a sus espaldas. A Manola no le detenían los pensamientos de Martina, y continuó su relato, ¿quien sabe si futurible o pretérito? La videncia es así. Más allá del tiempo medible.

—Comunicaciones cortadas. La aviación italogermana seguirá bombardeando. El día 15 de junio recibirán primeras directivas que se referían a la operación ofensiva del Ebro. El cuerpo atacaría la derecha para ocupar la cabeza de puente Ribarroja-Flix-Ascó-Fatarella. La brigada de Luis penetrará en dirección Ascó-Venta de Camposines-Corbera-Gandesa. Hombres, muchos fusiles (no sé cuantos), armas automáticas, morteros... Armamento escaso; moral elevada.

—Manola, me asustas... ¿Vidas extraviadas pidiendo a gritos comunicación con el mundo real? Hablas de ellos como si ya estuvieran muertos. Como cuando hablas de tus espíritus.

Manola no contestó. Escoró su cabeza hacia Martina y prosiguió su relato como si temiera perder el hilo.

—0 horas 15 minutos del día 25 de julio. Comienzo de la ofensiva de los nuestros. Orden mandada por el Ejército del Ebro.

Los labios de Manola se detuvieron. Cerró sus puertas como la boca del metro a la una de la madrugada. Se giró a Martina para mejor acurrucarla hacia su regazo.

—Ya seguiremos en otro momento. Se han ido los «blancos». No me llegan más noticias. O no quieren dármelas. Duerme, mi niña, mañana será otro día y tendrá un nuevo afán.

¿Cómo se maneja el sueño cuando no acude? Martina, como un témpano de huesos, ya sabía desde hacía meses que la noche no se había hecho para descansar. Le resultaba intolerable dormir, mientras amigos y camaradas estuvieran en zanjas y bosques maléficos a la suerte de las balas. Insultante dormir sin saber si Luis vivía cuando ella derrochaba respiración.

Insufrible. Aunque fuera aquel aire viciado y tullido del hambre, el cerco y el miedo. Aun así. Guardó silencio y se acurrucó a su cuñada. Manola. Vidente de lo invisible. De lo venidero. Calentador humano. Criatura lírica.

* * *

Pero se repitió aquella escena muchos días más. Semanas. Algún mes, se diría. Todo vale en la guerra y en las visiones. Las clarividencias de Manola se sucedían como unos pies arrastrándose sobre hojas del otoño anterior. Lenta y pausadamente. Cricreando.

—¿Quieres que te cuente las andanzas de Luis?

Era la dolorosa cantinela de Sherezade con que Manola abría las llagas de Martina, sin saberlo, aunque ésta fuera avara en el saber. Era comer la *galleta* equivocada para entrar en la puerta inoportuna y conocer lo que no debe saberse hasta que ocurra.

Clavada en la silla de la cena —aquella noche fue un hervido de zanahorias, cebollas y verdolagas a modo de puré— esperó sin protestar el preceptivo ritual de platos y cubiertos lavados con agua fría —al menos ellas tenían agua corriente—, la retirada de las migas de pan moreno sobre un papel de periódico con las que harían sopas para el desayuno del día siguiente. La realidad se desclavó de su silla y —no hay muchas maneras de decirlo— se metió a toda velocidad en la cama de Manola, tras ordenar alfabéticamente sus repetidas ropas y jubilar la pintura de ojos, boca y pómulos que le había acompañado durante el día.

La carretera que la conducía a Luis aparecía ante ella.

—Vamos, Manola, ¡te estoy esperando!

Un poco más lenta en el hacer y quitando las telarañas de su acidez mental, fue convocando a los «blancos» mientras defenestraba su falda, su jersey gordo de borra y se colocaba la redecilla en el pelo para no enturbiar sus rizos mal peinados. Por fin se acurrucó junto al cuerpo que ya caldeaba las sábanas. Su cuñada, asperjada por el temor. Demasiada preocupación y demasiado altruismo. No terminaba de decidirse qué era lo que realmente afloraba en los ojos de Martina.

—Tú militas. Y a mí no me engañas.

—Mejor que ni lo sepas. Sólo te traería complicaciones.

—Pero ¿por qué, Martina? ¿Es por ti, por Luis, por algún noviete que te ha metido en esas zarandajas?

—Sólo te diré que cuando la vida te pone algo delante tienes que dar una respuesta y mojarte si es preciso. Hasta las trancas. Si dejas pasar una oportunidad, una sola, estás muerta en vida.

La presciencia de Manola sintió una puñalada en el bajo vientre. Y fue que lo supo. Que en esta vida la gente no recoge lo que merece. Y que la muerte llama a ciertas personas de forma persistente. Pisándoles los talones.

—25 de julio del 38. Silencio y oscuridad. Caravana de camiones pesados. Barcas y una pasadera que llevan hasta el Vinebre los focos encendidos. Un motociclista, oficial, en silencio, sin luces, desvía la columna hacia su punto de destino, al norte. Ha dado comiendo la Batalla del Ebro. Entre Ribarroja de Ebro y Flix cruza el río la 33.ª Brigada Mixta de la 3.ª División. La brigada logra pasar a la otra orilla.

—¿Es a Luis a quien estás «viendo», o al teniente coronel que les dirige?

—Se llama Tagüeña y todo se superpone cuando los «blancos» me conducen. Uno y otro. Otro y uno. El que manda y el mandado.

Martina estaba unida a Luis por un invisible cordón y sabía que algo pasaba. La asepsia en la mirada de Manola se lo estaba confirmando.

—Un batallón de la 33.ª Brigada y otro de la 60.ª conquistarán Flix, a las 17 horas, haciendo 600 prisioneros. Desaparecen 70 kilómetros de frente enemigo. Al final de aquel día, la 3.ª división estará en la Sierra de la Fatarella. Luis dormirá tranquilo. Poco, pero tranquilo. Tras el ardor de la batalla.

La higiene del dolor hacía que Martina indagara más y más en la monocorde voz de Manola.

—¿Qué más? Sigue, por favor. Cuéntame qué va a pasar.

—Al día siguiente, Luis llega al anochecer a Villalba de los Arcos, donde entablan combate con las fuerzas enemigas. Sin éxito. No podrán conquistar el pueblo.

La ansiedad era la principal ocupación de Martina en aquellos momentos de escucha. Como un escalpelo vigilando las siguientes palabras de su cuñada.

—Con el río a la espalda, la división de Luis tendrá muchas veces el agua como báculo y otras como cortapisa. Muchos miles de muertos, heridos o desaparecidos, víctimas de los bombardeos constantes. El Ejército del Ebro tendrá muchas pérdidas. Luis no será uno de ellos. Aún no, al menos. Será a principios de agosto. No antes de Nuestra Señora de los Ángeles. Días después de Nuestra Señora de las Nieves, tendrá centenares de bajas más la 3.ª División. Pero Luis tampoco será uno de ellos. Le siento respirar. Todavía...

—¿Cuándo dejarás de sentirle respirar? ¿Lo sabrás? ¿Sabrás el momento en que llegue?

—Si quieren los «blancos» que lo sepa, lo sabré.

—¿Y me lo dirás, entonces, Manola?

—Te lo prometo.

Se parecía mucho a lo que imaginaba. Se parecía demasiado a lo que no tiene remedio. ¿Por qué escuchaba a Manola lo que no quería oír? Por pura necesidad de saber entre aquellas lajas de premonición... Suponía.

—¿Tienes sueño o continúo?

—Continúa. Es mejor saber que aguantar esta miserable incertidumbre.

Martina se durmió mientras Manola rezaba: «19 de septiembre; 2 de octubre: golpe enemigo a la Sierra de Lavall de la Torre; 20 de octubre: lluvias. Detención de los combates. Las brigadas 31.ª y 33.ª deben desprenderse de veteranos para engrosar las filas de la 35.ª División. 30 de octubre: entra en juego la Legión Extranjera dirigida por el coronel marroquí Mohamed El Mizziasn, jefe de la 1.ª División de Navarra. 1 de noviembre; 4 de noviembre: ocupación del pueblo de Miravet por parte del enemigo. Dos días después se apoderan de Mora de Ebro y la Sierra de la Picosa. El plan de los adversarios se ve muy claro: cercar al XV Cuerpo en la Sierra de la Fatarella...

Martina no escuchaba los silencios, la voz atemperada y las lágrimas de Manola recitándole al viento las malas noticias. ¿Los mensajeros deberían ser ejecutados? El frío entraba a chorros por los malos cerramientos de aquellas ventanas y penetraba, sin impunidad, en la cama de 1,35 que las dos mujeres compartían. Una hablando como movida por un resorte. La otra escuchando; sin escuchar. Profundamente despierta. Soñando con un día claro de primavera, ajeno a toda la tensión interior que acumulaba en sus miembros. La higiene del sueño... De la vigilia.

«Noche del 13 al 14 de noviembre —recitaba Manola, hablándole a nadie—, la brigada de Luis se retira a su fortín del norte y este del Gaeta; 15 de noviembre: neblina densa que cubre el río y les permite pasar a la margen izquierda parte de sus tanques, en una interminable fila de camiones cargados. La 33.ª Brigada lo hará por la pasadera al norte de Ascó. 16 de noviembre, ¡Martina!, ¿me oyes?»

—¿Qué ocurre?, ¿qué te pasa?

—Después de 113 días de intenso combate, el 16 de noviembre termina la batalla del Ebro: 60.000 hombres caídos por parte del ejército republicano.

—Y la 3.ª División, ¿qué pasa con ella?, ¿está Luis con ellos, aunque sea herido... leve o grave; pero vivo?

—Se concentrarán en lugar seguro para comenzar la batalla de Cataluña. Con armas desgastadas en la batalla. Luis sigue con ellos. Continúo viendo su luz.

Martina quiso detenerse ahí. Luis vivía. Aunque no fuera más que poner las cosas dentro de palabras, su hermano hasta el 16 de noviembre había estado vivo. Los milicianos no eran maridos seguros, pero sí los mejores hermanos. Quería atravesar el estrecho quicio que separa la noche del día con ese dulzor en la memoria. Manola lo supo sin que ella lo dijera. Se dio la vuelta mirando hacia la pared contraria. Un cuadro. Bodegón con flores en permanente vida. Es lo que tiene ser una flor de cuadro. Naturaleza muerta, aunque te haya pintado un mal pintor. El tabique desconchado. Blanco desafinado y levemente desportillado. La manta y la colcha, insuficientes para tanto y tan persistente frío. La coqueta, con una alfombra de pasadores, orquillas y pendientes de dos mujeres que duermen sobre la misma cama. Sobre la misma esperanza. Dándose calor mutuo sobre un somier de muelles, encima de una loseta terrosa, dentro de un colchón de lana sobre un lecho de forja, con un cabecero de cerco arabesco que soportaba unos barrotes de hierro. Barrotes de preso. Trancas metálicas que vigilaban sus sueños. Sus miedos. Que mutilaban su optimismo. La sensación de tener la esperanza estropeada, mucho antes de tenerla.

Poco imaginaban ambas. Una y la otra. Que a la semana siguiente Martina dormiría en comisaría por beber del vino inocente. Y ocurriría musgo. Algo que nunca hubieran esperado. Una de trece, sería. *Gente que ve llover sobre la tierra.*

La una, no la otra. O ambas.

A las mujeres que creen en un mundo mejor les pasan las cosas más extrañas.

VII

6 DE MARZO DE 1939

Barrio de Tetuán de las Victorias. Comisaría de Chamartín de la Rosa.

—¿Nombre?

—Martina Barroso García.

Tres meses sin saber nada de Luis. Tres interminables meses. Y ahora, ella. Ahora esto.

—Domicilio.

—Calle Calderón de la Barca, número 1.

—Profesión

—Modista. Aunque, en realidad, trabajo en una fábrica de medias.

Aquel día había ido al Radio de Chamartín para ver qué había ocurrido después de escuchar la radio. Vio guardias de asalto y policías deteniendo a gente.

—¿Te reconoces miembro de las Juventudes Socialistas Unificadas?, ¿cuál es tu función dentro de la Organización?

—No puedo negar que me reúno con compañeros y amigas que pertenecen a las Juventudes Socialistas Unificadas. Pero de ahí a tener un cargo...

—Sin zarandajas, ¿afirmas o no tu afiliación?

Cualquiera hubiera podido señalarla. Amigo, enemigo, vecino, conocido, camarada. No, seguro que un camarada no había sido. Los quintacolumnistas estaban por todas partes acusando a la gente. Hasta que cayó de pleno su Radio por completo.

De camino a la sede vio coches parados. Gritos. No entendía nada de lo que decían. La gente bajaba de los tranvías y chillaba sus gritos ahogados después de tantos años: ¡Viva la República! Y otros respondían: ¡Viva la Junta de Casado! Lo peor era que los tiros acompañaban a los clamores. Muertos en la calle; gente refugiada en los portales. Martina también les imitó. Pero alguien debió señalarla. Un amigo, un vecino, pero no un camarada. Desde el umbral del portalón donde estaba acurrucada escuchó una voz con timbre de contralto decir: *Casado ha formado una Junta, ¡nos vende; nos vende a Franco!* Pero nosotros nos defenderemos hasta el final.

—¿Afiliación...? No sé si llamarlo así. Somos un grupo de amigos con ideas semejantes.

—¿Qué quieres decir con ideas semejantes?

De qué le iba a hablar Martina a aquel policía que antes estaba con Negrín y ahora se había cambiado la camisa del Gobierno recién constituido. O tal vez fuera excombatiente del bando sublevado. O un Guardia de Asalto. Tenía mil nombres que darle y ninguna palabra para ofrecerle. ¿Iba a debatir con alguien como él de la libertad, los derechos y deberes fundamentales, las tesis que defendía la *Unión de Muchachas* a la que ella pertenecía? (defensa de la democracia, de las libertades públicas, justicia, igualdad, acceso a la cultura para todos y todas. Sí, también para ellas, para que pudieran contribuir junto a los compañeros en la construcción de una nueva sociedad una vez aplastado el fascismo); tres meses sin saber de Luis. Demasiado tiempo. Aquello era todo lo que ocupaba su cabeza.

Pero también recordaba la consigna del Partido: *No podemos permitir que Casado nos venda.*

—Bueno, nuestro grupo de amigos cree que todo podría mejorar, que todos podríamos mejorar, que España pudiera ser un lugar... ¿distinto?

—¿Mejorar en qué, niñata?; bueno, me da igual. Sé perfectamente lo que piensas tú y toda tu panda de amigos comunistas. ¿Dónde tienen lugar las reuniones de tu grupo de *amiguitos que pensáis que todo puede mejorar*?

Demasiado retintín para una única pregunta. Un dardo macabro y sin gracia. Certero, por violento. Aun así: *No podemos permitir que Casado nos venda.*

—La verdad es que no es ni una sede ni un local. Es en una casa. En el barrio. Como todos somos vecinos de Chamartín, en Tetuán... Pero la verdad es que hace tiempo que no acudo a las reuniones porque me resulta materialmente imposible debido a mi trabajo.

—Eso es lo que debieras haber hecho para ayudar a España. Así no te verías en esta situación. Sabemos que sigues pagando las cuotas, ¿no es cierto? Y eso nos lleva a la conclusión de que sigues perteneciendo a tu grupo de *cabrones comunistas*, ¿me sigues o te lo repito?

De nuevo aquel retintín. Lo que tuviera que ocurrir, ocurriría. Ahora le diría que por qué no se dedicaba a conquistar un buen hombre en lugar de pensar. O actuar.

—Pero ¿qué puede saber de política una costurera de mierda como tú?; ¿sabes a lo que yo te obligaría si fuera tu padre? No quieres oírme pero lo vas a hacer: te exigiría buscar un buen marido. ¡Qué ya vas teniendo edad, coño! Que empiezas a ser burra vieja para el matrimonio. Y desde luego, te prohibiría juntarte con la escoria que te mezclas, que te han llenado la cabeza de zarandajas...

Ya está. Se lo había dicho de corrido. Recitado con la cabeza mientras se ajustaba las pelotas hacia un lado, como si fuera un torero cargando la taleguilla. Porque hay hombres que hablan con la boca y las pelotas a un mismo tiempo. Aquél era uno de ellos. Él, que estaba fuera de su vida, de sus necesidades y de las flores huérfanas que veía cada tarde en el comedor social; él se permitía darle consejos vestido con el uniforme de los que siempre ganan. Como si fuera el Pantocrátor de la mañana pronunciando atrocidades. «Larga vida a nosotros»: decían sus insultos y sus huevos. ¿Todo tiene que valer en la guerra y en el dolor?

Aun así, él se gustaba. Y seguía hablando para seguir gustándose.

—... Porque estáis podridos y divididos. Y además sois minoría. Sois morralla y apestáis; hienas que os devoráis entre los de vuestra misma ralea. ¿Sabes por qué te digo esto? ¿Tu cerebro de mosquito puede entender mis palabras? Lee mi boca: a-no-che mientras tú dormías el sueño de las hilanderas y las sastrerillas, se produjo el Gol-pe-de-Ca-sa-do. ¿A que no lo sabías? Os han abandonado; estáis solos.

Resistir es vencer. Resistir es vencer. Resistir es vencer. No había estudiado demasiado pero tampoco tenía un pelo de tonta. Sabía de la entrega del coronel Segismundo Casado, jefe del Ejército de Centro, contra el Gobierno legítimo de la República. Había entregado Madrid. Su Madrid. El Madrid que tanto había resistido...

La playa sin mar en la que algún día recalaría su hermano Luis, exhausto de tanta lucha. Franco se debería estar frotando las manos viendo a anarquistas y socialistas luchar con sus primos hermanos: los comunistas. Si nunca hubiera intentado ser otra cosa que una modistilla no estaría convaleciendo por dentro delante de aquel tipo con cara de llamarse Faustino y tener hiperlordosis dorsal, por no hablar de su podrido aliento a chinchón, puro del barato y raspa de bocarte. Si nunca hubiera intentado ser otra cosa que una buena esposa de algún buen marido... En ese caso, no le interesaría si Casado había entregado aquel Madrid; desmoralizado, sí, pero con el deseo de que Negrín lograse negociar la paz con la ayuda de las potencias aliadas. *Resistir es vencer. Resistir es vencer*. Los trece puntos de Negrín —*el de las lentejas*; ¿por qué pensaba ahora en semejante frivolidad? Justo ahora y delante de aquel tipo que no tendría ninguna objeción en negarle una paliza—. Se rió hacia dentro (*las lentejas de Negrín* volvieron a cruzar su mente como un nubarrón; como una mariposa de las que tejería sobre unas zapatillas de cáñamo; que quizá sería un cormorán), pero pensó con la mirada dura y endurecida, como los que piensan en voz baja pero de puertas hacia fuera, en las tres garantías que sí recordaba, de los trece famosos puntos *del Negrín de las lentejas* —porque no era la buena esposa de un buen marido—. Era una mujer que acariciaba con las yemas de los dedos un futuro afectuoso y frutal:

1. Independencia de España y de la libertad contra las influencias extranjeras.
2. Que sea el pueblo español quien decida su régimen.

3. Garantía de que, finalizada la guerra, no habría persecuciones ni represalias.

El de las lentejas tenía las cosas claras. Las JSU eran devotos seguidores de él. De la dignidad en la «entrega». Pero Casado se había convertido en un traidor. Era un traidor. Un traidor. Un traidor. Hasta pensar le dolía. ¿Cómo se maneja ser una interrogada por un tipo al que le huele el aliento a alcohol y puede darte una paliza de un momento a otro?

Tres meses sin saber de Luis. Eso sí que dolía. Como si no saber de alguien significara asumirle como muerto. Que ya fuera cadáver. O, acaso, que fuera ella quien estuviera muriendo lentamente...

—¿Sabes que tu amigote Eugenio Mesón está detenido? Sí. El máximo responsable de la JSU, el jefe del cotarro... ¡Está enchironado!

(Eugenio, el mismo que diría a sus camaradas *que cuidaran de los suyos o, si no, les tiraría piedras desde las estrellas*; Eugenio, quien luego sería «Querido Eugenio» y tan bien lo pronunciara Juana Doña, inesperadamente generosa con el amor y la intrahistoria. No podía ser. Tal vez. Eugenio...)

A las siete y media de la tarde, Casado, el traidor, en lo más crudo de aquel mes de marzo, adelantó su Golpe debido a los nombramientos hechos por Negrín y enviados al Diario Oficial. Cambios rápidos en los mandos que ponían en manos de los comunistas el poder militar, el Ejército de Centro. Por eso Casado, el traidor, se adelantó. Sus colaboradores, los anarquistas de Cipriano Mera, tomaron Madrid. Pero Madrid no se toma; Madrid se gana. *Resistir es vencer. Resistir es vencer.* A las doce de la noche, Martina lo había escuchado por la radio de galena, junto a sus padres y su hermana Oliva.

La llamaban así por sus ojos. Entre el verde esmeralda y el verde aceituna.

La constitución por parte de todas las fuerzas no comunistas de un autodenominado Consejo Nacional de Defensa presidido por Miaja. Casado, de consejero de Defensa. Julián Besteiro, consejero de Estado. La sucesión de comunicados por radio: Besteiro, Mera y Casado. No podía olvidar aquel desorden de órdenes: Besteiro, Mera y Casado. Pero aquella madrugada los comunistas se habían sublevado contra el Consejo. Ella era una simple modistilla pero tenía certezas. Sabía que Madrid resistiría hasta el final. El principal foco: en los Nuevos Ministerios. Lucha dura; cruenta. En medio de aquel espíritu de derrota los comunistas, sus amigos comunistas, asaltaron locales y se revolvieron como fieras contra aquella injusta *entrega*. Dos mil mujeres detenidas. El número de hombres ni se lo imaginaba. Lo sabría después; como todo lo demás. Miles de presos, mientras otros comenzaban su éxodo hacia zulos y escondites. Lo importante se sabe siempre demasiado tarde.

—Sí. Lo sé. Sé que Eugenio Mesón ha sido detenido.

—¿Y sabes por qué estás tú detenida, comunista de poca monta?

Su voz, acuartelada en aquellos dientes negros, sonaba como una tempestad en aquel cuarto de comisaría. Pero tanta presión no servía. No con Martina. Hubiera sido más efectivo que dieran las cinco, dejar pasar un ángel. Y ella podría haber sido menos parca en las respuestas. Los insultos no servían porque sólo con mirarla ya la estaba faltando al respeto. El rostro tenso y duro. Martina también resistía. Aquello era el protocolo de un proceso de encarcelamiento masivo sin mandatos judiciales que lo avalaran, ordenado por la Dirección General de Seguridad, mientras se sucedían los enfrentamientos en las calles de Madrid.

—No. No sé por qué me han detenido. Yo no he hecho nada.

—Sois unos ilusos. Teníamos un infiltrado entre vosotros y ni supisteis desenmascararlo. Él nos ha entregado todos los ficheros y os tenemos localizados. El nuestro *ha cantado de golondro*.

Los guardias de Asalto detenían a todos aquellos camaradas que habían acudido a sus respectivos Radios para saber qué ocurría. Además, la Junta de Casado se había hecho con los ficheros del Comité Provincial, donde estaban los datos de todos los afiliados. Que no se destruirían. Que no se quedarían ahí. Que luego pasaría a manos del franquismo.

—¡No me lo creo! Primero porque no hay nada que delatar y segundo porque no es nuestro estilo denunciarnos. Dudo mucho que hubiera un infiltrado.

—¡A mí no me hables en ese tono! Y, además, ¡baja la vista cuando te dirijas a mí! Ni se te ocurra infectarme con tu *puta mirada de comunista del carajo*. ¿Lo has entendido?

Lo había entendido.

Podría haber abusado de su autoridad en lugar de recurrir a la grosería.

Aunque al final también sucumbió a la bofetada. Fue equitativo, al menos, y hubo varias para cada mejilla; una detrás de otra. También alguna patada en el bajo vientre. Como si cada golpe pretendiera arrancarla del mundo. Sobre la superficie rígida de una silla metálica. Se balanceó el asiento y corcoveó la estancia: la cara flagelada por los golpes de un *valiente*. Todas sus caras golpeadas: la cara abierta que siempre mostraba a Luis con su amplia sonrisa, la cara cerrada que se mantenía erguida ante los cabrones de uniforme y gafas de aviador que pretendían sacarla de mentira, verdad... ¿A fuerza de golpes o clemencia?

No eran más que cardenales que podría cubrirse con maquillaje para que sus padres no lo notaran. Que Salustiano no lo percibiera. Que María Antonia no llorara a escondidas por esa hija que coqueteaba con la política en lugar de con los mozos del barrio. No quería preocuparles. Ya tenían bastante con lo de Luis. Tres meses sin noticias y, ahora, aquellos moratones. Mucha leña para el mismo fuego. Pero aquellas ostias sin consagrar no eran sólo para ella. Era la impotencia de aquel ex combatiente del bando sublevado. Porque Negrín —*el de las lentejas*— estaba llegando a Toulouse. Y Líster. Y Dolores. Y Cordón. Y Jesús Hernández. Y Tagüeña. Y Mendiola. Y el teniente coronel Etelvino Vega...

Para lo que no había maquillaje en el mundo era para los moratones del espíritu. Y ella sólo era fuerte en la justa medida. Mientras aquella luz, apenas un foco, desfiguraba más sus facciones que todos los golpes, le hacía desviar los ojos hacia una rampa de luminosidad, interminable y cegadora.

—¿Dónde está tu hermano Luis? Luis Barroso García. ¿O los comunistas no tenéis los mismos padres?

Ni siquiera Martina tenía la respuesta.

—Hace meses que no sabemos nada. Un vecino que estuvo con él en el frente nos dijo hace tres meses que no le esperásemos. Que había muerto.

—Un comunista menos. Lástima de munición. En cualquier caso dormirás en el calabozo hasta que sepamos si hay cargos contra ti. Cuantos más de vosotros estéis quietecitos y controlados, mejor que mejor.

(Era el compañero del que tenía aliento a chinchón. También él olía a podredumbre, pero de otro tipo. Poli bueno-poli malo. Apestosos los dos y conscientes de su obscena profesión de maltratadores por encargo, por oficio... Por pura razón voluptuosa.)

Martina caminó hacia la celda de aquella comisaría, bordeando sus heridas. Las de dentro y las de fuera. Al tiempo que cronometraba las palabras que había pronunciado. Según avanzaba por el pasillo que separaba la sala de interrogatorios del calabozo, sintió el timbrazo de un teléfono, amortiguado por una puerta cerrada de cristal esmerilado. Color ceniza. Todo era color ceniciento, ocre, pardo, sin vida; así lo veían sus ojos. Así era. Una vieja treta monocromática para desmoralizar a los detenidos y lograr que abrieran las puertas de sus labios de par en par, inmersos en aquella atmósfera constreñida de olor a humo y sudor.

Tras las rejas se encontró con Anita y Elena Gil. Se abrazaron. No pusieron nombre a lo que les estaba ocurriendo. Simplemente acomodaron sus silencios en las frías baldosas del suelo. La gente se conoce, se sigue, se persigue, se separa, se junta y se desune; se desencuentra y vuelve a encontrar. Es una rara habilidad humana. Aunque las tres se miraban, no podían verse. Intentando proteger cada una su escasa porción de voluntad.

El suelo era frío. Ni una manta. Se parecía mucho al dolor que había imaginado, tantas veces, en el local del Radio de Chamartín. Y cuando me detengan, ¿qué?; ¿volveré a salir de paseo por el mundo?; ¿habría una vida de reserva para una mujer que sólo quería vivir en paz? Era una niña. Era una mujer. Con aquellos ojos verde oliva. Aceituna. Aguamarina, sin serlo. Era una niña-mujer inadecuada para aquel impropio lugar. Como Anita, igual que Elena. Eran mujeres tristes que seguirían siéndolo. Mujeres que sobreviven, mientras los hombres resisten. O al revés. O al contrario. ¿Qué podré darle a mi hija, la hija que nunca tendré? El suelo era frío y propiciaba el delirio. Tal vez la fiebre.

La realidad no podía herirla más, de ahí la tiritona permanente en aquel día de marzo, sin noticias de Luis.

* * *

El día siguiente del día anterior. En el que, al final de la tarde —que ya estaba siendo, aunque Martina no podía saberlo—, los comunistas habían cercado a las fuerzas de Casado. Les tenían enrocados en el triángulo formado en Cibeles; pequeño triunfo antes de la posterior derrota: a pesar de la resistencia del Ejército Republicano al mando de Guillermo Ascanio, seguidor de Negrín, las tropas sublevadas entraban por la Casa de Campo en dirección al Manzanares. Sin resistencia. Apenas. Todo lo que se podía esperar del día siguiente al día anterior. Martina lo sabría luego. El día de después. Con la inflamación de las varias ostias, sin consagrar, refrigerándose al aire de un Madrid vencido.

No tenía vocación de mártir. Ya entonces lo supo, a pesar de lo que vendría.

Ya en la calle se encontró con Anita, Elena y Luisa Rodríguez de la Fuente. No tenían nada contra ellas; de momento. Como tampoco había cargos contra las demás mujeres que salían como una reata de hormigas pisoteadas, maltrechas y deslumbradas por la luz de aquel nuevo día, a estrellar su copa contra el suelo de la realidad. En las puertas de la comisaría de Chamartín de la Rosa. Tantas otras, con las que volvería a encontrarse. Antes de ser una de Trece. Una de las Trece.

(Después de la entrega de Madrid a Franco, ¿quién se queda? Sólo Besteiro con su guardapolvos raído. *Me han llamado traidor vuestros rivales y me quedo en Madrid para contestarles con mi condena. Además soy viejo... Correré la misma suerte que este pueblo sin igual, tan grande en el sacrificio.*)

... Cuando resistir ya no era vencer.

Sino perder.

VIII

Paloma, 2004

No volverá. Le había dicho mi abuela Manola.

Mi tía Martina pasó aquella noche en casa de su cuñada con la intención de que sus padres no le sonsacasen demasiado y no se percataran de la paliza. Muchas preguntas que esquivar para una mujer que no sabía mentir. Por eso sorteó la casa familiar y saltó dos puertas hasta tocar el timbre de mi abuela. En la calle: el seto poblado. Un pulcro patio que Manola lustraba afanosamente. Plantas domesticadas, hombres domesticados, ¿qué mundo era aquél? Pensaba mi tía mientras escuchaba el *ya-voy, ya-voy, ya-voy* de su hermana política. La mujer de su hermano Marcos.

Cenaron gachas. De harina de almorta. Pocas. Sobre un hule floreado de margaritas y amapolas raídas, en sendos platos de loza un tanto desconchados y con la cuchara negruzca por culpa de aquel acero oxidable que no embellecía ni con el mejor jabón. Martina apenas se llevó bocado a los labios. La fiebre y el miedo le habían paralizado el hambre.

Mi abuela Manola tuvo la prudencia de no preguntar nada.

Ni poco ni mucho. Lo sabía todo antes de que ella pronunciara palabra alguna, porque el mapa de su rostro abofeteado repetidamente era toda la integridad que le habían usurpado. Y a ella, Manola, tan sensitiva, no podía sino dolerle con ese dolor misterioso que sale de la comunión con el otro. Comprensión, se llama. Aquella niña, su casi hermana, había crecido deprisa en una sola tarde.

Tenía más años de los que tenía.

Unos paños con hielo bajarían la inflamación. Mi abuela era un tren de mercancías que no cesaba de pensar y moverse; picar hielo, envolverlo en trapos, aplicarlo sobre aquel rostro vitral. Que no era feo; que no era hermoso. Coger a la mujer que era y meterla dentro de sí misma para acostarla en la cama como a un recién nacido.

Martina se dejó hacer sin rechistar. En aquel momento necesitaba orientación ajena y Manola era una brújula sin descanso.

Para cuando mi abuela se abrigó a su lado dentro de las adversas sábanas, bajo la borra y la lana de las incompetentes mantas, sintió el dolor que chocaba contra su cuerpo.

Como si supiera interpretar las miradas clavadas en un punto fijo del techo, le dijo a mi tía: de nada sirve el miedo. Le dijo. Vivir con miedo es estar muerto antes de que te maten. Ésa fue la segunda parte de la frase. Mi abuela era así. Grandilocuente. Clarividente. Una mujer de sentencias.

(Pero Manola diría luego —mucho más tarde—: *no volverá*. Y Martina se preguntaría entonces si deberíamos dejar morir a los muertos.)

De momento, intentó consolar a su cuñada, mi tía:

—Antes de dormirte, ¿quieres que te cuente dónde está Luis esta noche?

Las visiones de mi abuela le impedían conocer de antemano hacia dónde podrían conducirla. De haberlo intuido, no le habría hecho a Martina semejante proposición.

—Claro que sí. La vida se reduce a tan poco que hoy me bastaría saber dónde está Luis para que todo me doliese un tanto menos.

Qué poco imaginaba Martina...

—23 de diciembre. La 3.ª División debía avanzar durante la noche hacia la carretera de Llardecans a Sarroca, paralela al río Segre, dirección Granadella. A la caída de la noche tropezarán con los enemigos a pocos kilómetros y no podrán seguir adelante.

(Todo esto, pronto sería un recuerdo. O un trozo de olvido. O el testamento vital de alguien; una desconocida. Alguien que también tendría alas en su nombre pronunciado en plural y que escribirá esto por mí. Se dijo Martina. Pero no dijo nada mientras escuchaba a mi abuela.)

—El enemigo les adelantará y avanzará su artillería, presionándolos al sur de la carretera de Llardecans-Granadella. Una semana de encarnizados combates en terreno descubierto. Los aviones italianos y alemanes son los dueños absolutos del cielo mientras los nuestros, nuestro Luis, se mantienen horas enteras aplastados en el fondo de las profundas zanjas. Su único parapeto contra la muerte.

—Yo podía haber sido él, Manola. Si fuera hombre, hubiera sido él para que Luis no estuviera en la zanja, aplastado, con un millar de bombas cayendo del cielo como mortífero aguacero. Si hubiera sido hombre, sería él...

—Si hubieras sido hombre no serías quien eres. Y son necesarias las Martinas en este mundo. Sois el pan y la sal, ¿y si la tierra se desala?...

Esa explicación no era para mi tía. Tal vez para otra mujer pero no para ella. Martina siempre intentaba comer la *galleta* acertada y no acostumbraba a equivocarse de puerta. Se llamaba Martina pero bien pudiera haber sido Alicia corriendo detrás de un conejo con reloj que se cuela en un agujero al son de *no tengo tiempo, no tengo tiempo*. No obstante desplegó como un mantel todas sus entendederas a disposición de las videncias de mi abuela.

—Granadella. Finales de diciembre. La 3.ª División defiende encarnizadamente la posición. Esos últimos días del 38 fueron testigos de la resistencia de nuestros hombres. No son combates como los del Ebro, puedes estar segura. Éstos transcurren a campo abierto, debilitando nuestra defensa. Actividad febril, reorganización de las unidades dispersas. Impotencia frente a la superioridad del adversario. A mediados de enero, el teniente coronel Tagüeña saca a la 3.ª División de Alcover para darles un descanso. Pocos hombres; escaso armamento.

Por encima del ronroneo felino y cálido de la voz de mi abuela, Martina se marchó lejos, muy lejos. Le gustaba viajar con frecuencia a un punto intermedio en donde encontrarse con Luis como si se hubieran citado en una geografía codificada, sólo por ellos. Otras veces le bastaba pensar que su hermano pudiera estar viéndola. Entera. Tan valiente. Con algunas magulladuras en la cara, pero tan *Agustina de Aragón* como a él le gustaba llamarla. Porque el hecho de haber estado juntos, muy juntos, un tiempo, establecía unos lazos invisibles e inamovibles. Difíciles de cortar. Pero ¿cómo podía proteger a Luis? ¿Quién puede proteger la vida de alguien? No estamos para protegernos; sí para acompañarnos. La voz de mi abuela y su sexto sentido trataron de captar la atención de Martina, elevando una octava por encima de su tono natural.

—La noche del 14 de enero ocuparon la línea del río Gaya. Órdenes rápidas. Inmediatas y contundentes de defender Barcelona. La 3.ª División ocupará posiciones en los linderos de la capital catalana. Disparos sobre objetivos lejanos. Los únicos seguros mientras el enemigo cruza, impunemente, el río Llobregat.

Colgar su cuerpo de una percha. ¿Sería posible? Tal vez de ese modo no debiera soportar el peso de su vida, de su cabeza, de su estómago. De su dolor. Pender sus miembros como la ropa vieja que se sentía, apátrida de todo en un vivir tan vano. En donde hay hambre. Lucha. Muerte. División. Porque la opción de la revancha ni le tentaba. ¿Quitar lo que te han quitado?, ¿cómo demonios se roba la dignidad?, ¿cómo se recuperan los sueños?

—Estoy un poco cansada, Manola. Si te parece seguimos mañana.

—¡Estoy en vena! Un poco más y termino. Sólo un par de imágenes más y acabo. Entre el Tibidabo y Montjuïc, muchos hombres dispuestos a luchar, mientras otros muchos corren en retirada hacia la frontera francesa en ríos de camiones, carros y coches. Mujeres, hombres y niños avanzando a pie. Enfrente, 100.000 combatientes enardecidos por las victorias consecutivas. Dispuestos a todo.

A las tres de la tarde del 26 de enero: pánico. Últimas oleadas de fugitivos hacia San Adrián del Besós. ¿De dónde salía toda aquella gente?: centros de movilización, oficinas de gobierno, militares, civiles, carabineros, guardias de asalto...

—Manola... No sé si quiero saber más.

—Pues la verdad hay que saberla, niña. La incertidumbre es la peor culebra. Escucha lo que te digo: por un lado entran los «conquistadores» aclamados por sus simpatizantes; por otro lado se retiraban nuestros hombres. Exhaustos. Maltrechos. Organizan una línea en el margen izquierdo del río Besós y al anochecer vuelan los puentes.

Ahora sí le tembló la voz a mi abuela. Ahora sí que no supo si continuar o silenciar. Árboles que pasan. Hombres que lloran. Piernas mutiladas. Sangre en las calles. Motociclistas, tanques y un par de regimientos en camino. Atraviesan Badalona mientras nuestros hombres tratan de escapar confundidos con las últimas riadas de evacuados. Entonces sí lo dijo. No pudo evitarlo. Su clarividencia le atronaba el esternón. Casi sin quererlo, sin desearlo apenas, gritó.

Fuerte, alto y claro.

—¡¡¡¡¡No volverá!!!!!

Dijo sin haber querido decirlo. Saltando, sin querer hacerlo, sobre el colchón de lana. *No volverá, no volverá, no volverá...* Como una plegaria, como un desconsuelo, como una niña que ha perdido a su madre.

—¿Cómo dices? —se incorporó mi tía, saliendo de su ensoñación.

—Que digan lo que digan, ahora sí te lo confirmo. Me lo confirman los «blancos». Luis no volverá. Lo siento, pequeña, pero es mejor aceptar la verdad que vivir dentro de una campana de mentiras.

—¿Dónde ha sido? ¿Dónde será? ¿Cómo? ¿Sufrió? ¿Sufrirá?

—Finales de enero, principios de febrero. El amigo que viene a decirnos cómo murió, se quitará la chaqueta y el sombrero, sentará a tu padre y a tu madre para cerciorarse de que pueden soportar el golpe. Y dirá: «En el frente de Cataluña, en diciembre del 38, nos encontramos con el enemigo en una emboscada. Luis, como teniente que era, dio la orden de retirada a sus hombres para que subieran, a toda prisa, a los camiones para intentar huir. Cuando todos estaban a salvo, él, que fue el último en subir, recibió varios impactos de fusil por la espalda. Se quedó tirado en el suelo mientras sus hombres, con los ojos acuosos, miraron su cadáver tendido en el suelo. Partiendo sin él.»

Mi tío Luis murió sin conocer Francia. Ni Toulouse. Ni el Colliure de Machado.

Cómo odiar a los muertos por el mero hecho de haber muerto. De habernos dejado a la intemperie de sus recuerdos.

Absurdo.

Imposible.

Aunque Luis no volviera.

Siquiera escuchó el 1 de abril, a las diez y media de la noche, al actor Fernando Fernández de Córdoba leer —agitado, conmovido, tan excitado como enardecido. *Charlapipas* y a un tiempo engolado—, desde la sede de Radio Nacional, el único parte firmado por Franco en toda la guerra. De su puño y letra —¿tenía puño el que luego sería Generalísimo?—. Sin su voz, su texto rezumaba su panegírico flemático gallego. La letanía salía al aire por las ondas, tal y como todos recordarían durante décadas.

«EN EL DÍA DE HOY, CAUTIVO Y DESARMADO EL EJÉRCITO ROJO, HAN ALCANZADO LAS TROPAS SUS ÚLTIMOS OBJETIVOS MILITARES. ¡LA GUERRA HA TERMINADO!»

¿Para quién había concluido esa maldita guerra? ¿Para quién el próximo horizonte?

¿Para Luis, que no yacía en una lápida bajo un ramo de rosas, ni doce, ni trece, ni ninguna?

¿Para Manola, que padecería hambre, carencias y miserias?

¿Para Martina, que sería *Rosa* sobre ninguna lápida?, siquiera la de Luis.

¿Para qué cosa servía la civilización?

Luis no volvió.

Ni escuchó lo *del ejército rojo cautivo y desarmado.*

Ni llegó a saber que la guerra había terminado.

Ni leyó nunca los últimos versos de Machado: «estos días azules y este sol de la infancia».

Pero seguro que Luis, a tenor de todo aquello, estaría contento de estar muerto. Porque, de estar vivo, mi tía Martina lo hubiera matado por haberla dejado sola en aquel tiempo salvaje.

IX

PALOMA, MARZO DE 2004

Después de tanta búsqueda hoy recibo los documentos del Archivo Histórico de Salamanca. En concreto, del Tribunal Especial para la Represión de la Masonería y el Comunismo: contra Luis Barroso García. Mi tío. Hermano de Martina. Los leo y los releo, porque si se desea saber algo hay que saber qué se sabe realmente.

Documento de la Presidencia del Gobierno (Delegación Nacional de Servicios Documentales), Sección Político Social: *«En el que se pide que para que el Tribunal especial para la represión de la masonería y el comunismo pueda procederse a la depuración comunista, le envía documentación de esta Delegación relativos a* DON LUIS BARROSO GARCÍA. *Fecha 25 de octubre de 1948.» Firmado El Delegado Nacional-Director General: Francisco Javier Planas de Tovar.*

(Una búsqueda larga, para una vida tan corta.

Desde que el amigo Coutado informara a mi fami-

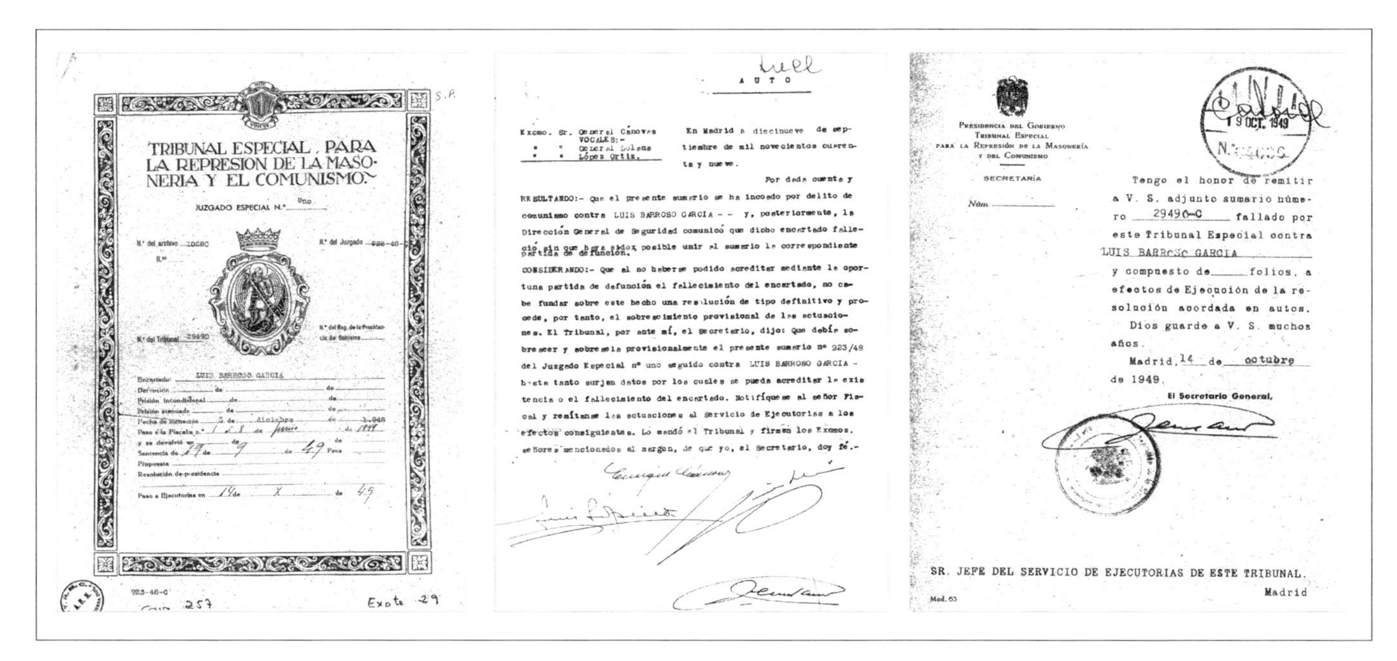

TRIBUNAL ESPECIAL PARA LA REPRESION DE LA MASONERIA Y EL COMUNISMO

JUZGADO ESPECIAL N.º Uno

N.º del archivo 10680 — N.º del Juzgado 923-48-C

N.º del Tribunal 29490 — N.º del Reg. de la Presidencia del Gobierno

Encartado: LUIS BARROSO GARCIA

Detención — de — de

Prisión incondicional — de — de

Prisión atenuada — de — de

Fecha de incoación 3 de diciembre de 1.948

Paso a la Fiscalía el 1 al 8 de junio de 1949

y se devolvió — de — de

Sentencia de 27 de 9 de 49 Pena

Propuesta

Resolución de presidencia

Paso a Ejecutorias en 14 de X de 49

923-48-C

Expte 29

AUTO

Excmo. Sr. General Cánovas
VOCALES:-
" " General Solans
" " López Ortiz.

En Madrid a diecinueve de septiembre de mil novecientos cuarenta y nueve.

Por dada cuenta y

RESULTANDO:- Que el presente sumario se ha incoado por delito de comunismo contra LUIS BARROSO GARCIA - - y, posteriormente, la Dirección General de Seguridad comunicó que dicho encartado falleció sin que haya sido posible unir al sumario la correspondiente partida de defunción.

CONSIDERANDO:- Que al no haberse podido acreditar mediante la oportuna partida de defunción el fallecimiento del encartado, no cabe fundar sobre este hecho una resolución de tipo definitivo y procede, por tanto, el sobreseimiento provisional de las actuaciones. El Tribunal, por ante mí, el Secretario, dijo: Que debía sobreseer y sobreseía provisionalmente el presente sumario nº 923/48 del Juzgado Especial nº uno seguido contra LUIS BARROSO GARCIA - hasta tanto surjan datos por los cuales se pueda acreditar la existencia o el fallecimiento del encartado. Notifíquese al señor Fiscal y remítanse las actuaciones al Servicio de Ejecutorias a los efectos consiguientes. Lo mandó el Tribunal y firman los Excmos. señores mencionados al margen, de que yo, el Secretario, doy fe.-

PRESIDENCIA DEL GOBIERNO
TRIBUNAL ESPECIAL
PARA LA REPRESIÓN DE LA MASONERÍA
Y DEL COMUNISMO

SECRETARÍA

Núm.

19 OCT. 1949

Tengo el honor de remitir a V. S. adjunto sumario número 29490-C fallado por este Tribunal Especial contra LUIS BARROSO GARCIA y compuesto de ____ folios, a efectos de Ejecución de la resolución acordada en autos.

Dios guarde a V. S. muchos años.

Madrid, 14 de octubre de 1949.

El Secretario General,

SR. JEFE DEL SERVICIO DE EJECUTORIAS DE ESTE TRIBUNAL.
Madrid

Mod. 63

Sumario sobre la causa de Luis Barroso García —hermano de Martina— perteneciente al Archivo de Salamanca.

lia de que Luis no volvería, ellos se obstinaron en mantener la esperanza erguida. Pero la Sección Político Social, también. Cada cierto tiempo volvían por la casa de Calderón de la Barca, número 1, con falsos mensajes de Luis. Imposibles recados de un muerto. El proceso de búsqueda no había concluido.)

Documento de Don* JOSÉ GÓMEZ HERNÁNDEZ, *jefe accidental de la Sección Político Social de la Delegación Nacional de Servicios Documentales *certifica que:* LUIS BARROSO GARCÍA *perteneció a la 33.ª Brigada Mixta - 2.º Batallón. Que es sargento desde el 1 de noviembre de 1936. Natural de Gilbuena (Ávila). Edad 26 años, estado. Profesión tintorero. Partido político o sindical obrera a que pertenece: comunista y UGT. Cuerpos o Unidades en que sirvió:*

**1-10-1931 en Aviación Militar Getafe hasta el 10-10-1932.*

**El 6 de agosto de 1936 se alistó al Quinto Regimiento Batallón Capitán Condés y el 1 de enero de 1937 pasó a la 33.ª Brigada Mixta.*

**Hizo un curso de Especialistas de Observación desde el 2 al 17 de junio de 1937, con calificación de:* BUENO.

**Se firma el documento en Salamanca el 25 de octubre de 1948.*

(Documento firmado por José Gómez Hernández y Francisco Javier Planas de Tovar, Jefe de la sección Político-Social y por Delegado-Director General.)

(Nunca es tarde para saber lo que ya se sabe. Un raro privilegio. A mi abuela Manola se lo habían dicho «los blancos» hacía muchos años. Y ahora yo, con la mirada dura y fortalecida, leo y releo los restos mortales de una vida resumida en puntos. Lo que debió ser una vez antes de este ir y venir de papeles muertos. Hay cosas que devuelven todo a su lugar. Aunque sean letras de acrimonia.)

Documento Guardia Civil (Primer Tercio Móvil).
La Guardia Civil del anterior documento manda un escrito a ésta pidiendo informes de LUIS BARROSO. *Ésta contesta: «Este individuo parece ser que murió en 1938 en el frente de Cataluña, el cual ostentaba la graduación de teniente y sus ideas eran de extrema izquierda, según los datos facilitados por el Archivo Central de la Dirección General de Seguridad, que en el mismo carece de antecedentes.»*

(No llegó a Francia. Ni a Colliure. No llegó a ninguna parte. Murió, y lo hizo para siempre. A pesar de la promesa que le hizo a mi tía Martina. Las veces que le dijo: cuando haya dolor, yo estaré de tu parte. Mintió. Porque murió sin pedir permiso. Y el dolor se le quedó enquistado a Martina en un ángulo de su costado. Porque amar, bien lo sabía, era estar dispuesta a perder. Perderlo todo.)

Documento Dirección General de Seguridad. Con fecha 9-2-49 en el que «según declaraciones hechas por los compañeros que tuvo en el frente de Cataluña a los padres del informado, éste murió en acción de guerra en dicho frente en diciembre de 1938, desde cuya fecha está desaparecido». Firma el Comisario General.

(A pesar de todo el deambular de autoridades, no cesaron de llover falsas esperanzas. Éste es un regalo de su hijo Luis. Un amigo de un amigo, nos ha dicho que su hijo Luis ha dicho o ha dejado de decir. Mentiras. Falsas esperanzas que no venían de la fosa común en la que mi tío descansaba. Al acecho, detrás del sujeto perdido y no hallado. Porque muerto.)

AUTO. «Resultando que instruido el presente sumario por delito de comunismo contra LUIS BARROSO GARCÍA, *posteriormente la Dirección General de Seguridad comunica que el citado individuo falleció en Cataluña en diciembre de 1938, lo que no ha podido comprobarse documentalmente. Considerado que al no haberse podido comprobar el fallecimiento no cabe fundamentar sobre dicho extremo una resolución de tipo definitivo, cual el sobreseimiento libre implica y se está por ello en el caso de proponer el sobreseimiento provisional de lo actuado. Considerando que se han practicado cuantas diligencias se estimaron útiles y necesarias para venir en conocimiento del delito, sus circunstancias y participación del encartado y se está por ello en el caso de declarar terminado el sumario.*

En su virtud el Juez que suscribe eleva PROPUESTA DE SOBRESEIMIENTO PERSONAL *de las presentes actuaciones seguidas contra Luis Barroso García.*

Se declara terminado el presente sumario que se pasará al Excmo Sr. Fiscal. Firma el juez Especial número uno Jesús Nieto García a 8 de junio de 1949.»

AUTO. Excmo. Sr. General Cánovas. Vocales: General Solans, López Ortiz. Fecha, Madrid a 19 de septiembre de 1949.

RESULTANDO: *Que el presente sumario se ha incoado por delito de comunismo contra* LUIS BARROSO GARCÍA *y posteriormente la DGS comunicó que dicho encartado falleció sin que haya sido posible unir al sumario la correspondiente partida de defunción.*

CONSIDERANDO: *Que al no haberse podido acreditar mediante la oportuna partida de defunción el fallecimiento del encartado, no cabe fundar sobre este hecho una resolución de tipo definitivo y procede, por tanto, el sobreseimiento provisional de las actuaciones. El tribunal, por ante mí, el Secretario, dijo: Que debía sobreseer y sobreseía provisionalmente el presente sumario n.º 923/48 del Juzgado Especial n.º 1 seguido contra* LUIS BARROSO GARCÍA *hasta tanto surjan datos por los cuales se pueda acreditar la existencia o fallecimiento del encartado. Notifíquese al señor Fiscal y remítanse las actuaciones al Servicio de Ejecutorias a los efectos consiguientes. Lo mandó el Tribunal y firman los Excmos. señores mencionados al margen, de que yo, el secretario, doy fe.*

(Ahora entiendo por qué nadie fue a reclamar el cadáver de quien moriría en breve. Ahora comprendo lo de la fosa común y todo lo demás. Ahora sé de los motivos de Oliva, Manola, María Antonia y Salustiano. Se quedaron sin cuerpo al que dar tierra. Se llama miedo y es una punzada que repliega cada cosa a su lugar. Casi diez años de proceso contra un muerto que estaba bien muerto. Por eso nadie podía prestar desconsuelo ni merecida atención a la nueva muerte que vendría...)

X

Martina siguió paseando Bravo Murillo arriba, Bravo Murillo abajo, con Victoria y Anita. También a veces con Luisa y Elena Gil Olaya. Habían cerrado los locales. Demasiada vigilancia para repartir pasquines o entregar propaganda. Aprendieron a hablar muy bajito —como hablan los que lo han perdido todo— para captar nuevos adeptos, pero ya no eran tiempos para ocultar camaradas o emprender otro tipo de actividades de riesgo; algo que les condujera a las activistas que fueron. Mucho se parecían a los primeros cristianos que se escondían en las catacumbas.

Habían cesado las reuniones en el Radio de Chamartín —el de las Cuarenta Fanegas—, dependiente del Sector Norte. Pero su militancia seguía siendo íntegra; aunque silente. Martina no se arrepentía de nada. Ya sabía del dolor de las ostias y podría volver a resistirlo. Era el largo y terrible tiempo de no saber. Con el miedo adherido como una segunda piel y el pavor que le producía estar sola en esta lucha de ilusos que no parecía haber terminado, sin el apoyo de Luis. Tal vez, ya flor de otro mundo.

También veía cine. No lo veía; lo recordaba.

Secuencia a secuencia en la pantalla del Cine Europa, construido por Gutiérrez Soto y otrora sede de multitudinarios e incendiarios mítines de Dolores. *El pionero alemán*, *El diputado del Báltico*, *Odesa*, *El acorazado Potemkin*. Si no podía verlos ahora, al menos le alimentaba el recuerdo de cada uno de los fotogramas que le hablaban de una vida distinta fuera de aquel maldito universo. Que ya no era de la resistencia; sí de la represión. Bajo el colchón tenía dos libros que no cambiaban las brasas de la realidad, pero le limpiaban por dentro: uno de Miguel Hernández y otro de Neruda. Imposible conseguir alguno de Federico. Le hubiera gustado releerle. Tan cascabelero, tan alegre. Tan muerto como su hermano. Tan letal con su *Poeta en Nueva York*. Alguna revista antigua que escondía en el cajón de las medias: *La URSS en construcción* y algún ejemplar atrasado de la Unión de Muchachas. Mejor que su madre no viera todo aquello. Lo de Luis era suficiente.

A pesar de muerto y no enterrado, de tanto en tanto acudían un par de policías a su casa a pedir razón de él. A machacar con su presencia el dolor.

—Cayó en el frente —decía inevitablemente María Antonia.

—Pues no son ésas las noticias que tenemos. ¿No estará ocultándonos algo?

—Ojalá pudiera. Ojalá mi hijo viviera y pudieran llevarlo preso. Al menos me quedaría el consuelo de ir a comunicar con él, aunque fuera con unos barrotes de por medio.

Aun así, revolvían la casa. Las pocas pertenencias. Pisoteaban el huerto de escasas acelgas y exiguas lechugas. Masacraban los tomates de Salustiano. Maldad gratuita, porque les molestaba que Luis estuviera muerto y no poder matarle de nuevo.

Los amigos, las lecturas, las charlas. Esto evadía a Martina de la congoja, la suciedad y el sepia perpetuo de aquel lugar vencido. Tan tullido como los que regresaban del frente. Aquellos que se entregaban, les apresaban o se escondían como topos. Le evadía de las cartillas de racionamiento, las escasas lentejas llenas de palos, bichos y piedras. El poco arroz que había dejado de llegar después de cortadas las comunicaciones con Valencia a través del ferrocarril. Los desayunos de malta y boniatos. Las interminables colas para conseguir aquel horrible pan moreno. La ausencia de plátanos —hubiera dado todo lo que tenía por un plátano—. Los peces sin nombre, nunca vistos. El no jabón de no olor.

También se autoimpedía, por pura supervivencia, pensar en los compañeros y excombatientes que abarrotaban las cárceles y edificios que fueron habilitados como *checas* (aunque no debieran nombrarse así. Que así las nombraron «ellos» en otro tiempo): conventos, escuelas públicas, campos de fútbol y plazas de toros; Comendadoras, Santa Rita, Porlier, Yeserías. Todo Madrid era una cárcel donde se hacinaban detenidos que debían replegar sus cuerpos en el estricto metro cuadrado del que disponían. Dormir en el frío suelo sin cama ni petate. Dormir de pie. O en cuclillas. Demasiada piel marrón junta.

Un barreño en medio de la sala donde se depositaban excrementos, orines y vómitos a la vista y el olfato de todos. Esperaban; no hacían otra cosa que esperar. Su liberación o fusilamiento por el conocido sistema de las «sacas». Los ponían junto a la pared. Hacían recuento de uno en uno —*una dola, tela, catola, quila, quilete...*— y al llegar al décimo: perdía el juego y le fusilaban. ¿Castigo o premio? Siempre ocurría de noche; la noche ampara a los que no tienen la razón de su parte. También era buen momento para asesinar, cuando se cumplían ciertas onomásticas de los sublevados.

Doce de mayo del 39.

Nadie le dijo a Martina que aquel día debía coger el metro. Nadie supo que lo haría. La jornada había sido larga y no podía ir a pie hasta Cuatro Caminos, donde había quedado con Anita y Victoria. Tal vez estuviera Elena Gil Olaya. Nadie supo que entraría en aquella boca de metro. Tetuán. Pero lo hizo. Según bajaba por las escaleras, sus ojos se alinearon con los grandes carteles de anuncios que tapizaban las paredes. En espera del convoy deletreó bajo la luz cetrina y difuminada de la estación aquello que su mente procesaba: *Se reparan todo tipo de aparatos de radio. Recogida y entrega a domicilio*. Vista al frente: *Dolores de cabeza, de espalda, articulaciones: Okal, el remedio superior*.

Se alisó, como por instinto, la falda en tonos tierra que le cubría las rodillas y las prominentes carreras de las medias. Tocó la medalla de la Virgen del Carmen —por hacer algo con las manos, más que por buscar amparo, protección o salvoconducto para una tranquilidad que bien sabía menoscabada— que le había regalado su madrina el día de su comunión, mientras abotonaba y desabotonaba, con un persistente tic, el último botón de su camisa clara. Almidonada. Limpísima gracias a la azulina. El convoy tardaba y ya no le quedaban más anuncios por recitar ni más nada que tocar. Descansó sobre uno

Retrato de Martina en el día de su primera comunión. Su madrina le regaló la medalla de la virgen del Carmen que llevaba puesta el día que la delataron.

de los asientos corredizos, metálicos y duros y fríos, junto a un anciano que llevaba prendida una colilla de cigarro apagado en la comisura de los labios. La piel de mojama; olor a cuero viejo. ¿Le conocía? ¿Habría perdido a alguien en el fragor de la batalla? Y quién no, se dijo. Todos hemos perdido. Incluso los que dicen haber ganado. El anciano ni la miró. Ella hizo como que no le veía. Se observaron sin verse, como todo el mundo hacía en aquel tiempo. Simplemente estaban sentados, uno junto al otro, esperando el convoy. El uno junto a la otra en aquel túnel color barquillas de yeso.

Pero bastó un saludo para sacarla de su ensimismamiento de anuncios, faldas y sumandos de muertos y vivos.

Nada cambia pero todo cambia. La mano en alto desde el andén de enfrente. Un amigo, un camarada. Roberto Conesa. Roberto era un nombre infrecuente en esos tiempos. Pero a aquél, a Conesa, le había visto apenas quince días atrás y no más de veinte veces en su vida en las reuniones del Radio de Chamartín. Martina devolvió el saludo. Parca en la efusividad. Mejor que nadie la relacionara con nadie. Nada cambia cuando todo cambia.

Aquella mano en alto, poco lo suponía Martina aunque lo imaginara, era *el beso de Judas.*

Pensativa y seria, giró la cabeza a su izquierda. Los vio. Vio dos hombres apostados en la bóveda de entrada al arcén contrario. Lo comprendió todo. No tenía un pelo de estúpida. Ya no le quedaba más remedio que permanecer en las fauces de aquel suburbano, que se convertiría en su puerta de entrada en el infierno. Hay saludos que devuelven cada cosa a su lugar.

Cuando llegó su tren reapareció la perpetua tiritera. A pesar del mes de las flores. Doce de mayo, un día antes del milagro de Cova da Iría. Pero esta vez no bajaría de los cielos nadie. Ni la virgen María para ayudarla. Entre otras cosas porque no era creyente, aunque fuera una mujer de fe. Detener el flujo de sus pensamientos fue imposible en aquel trayecto de dos únicas estaciones. Mirándose los zapatos desgastados. Negros y ajados, de tacón bajo. No daba crédito. Hasta pensar le dolía. Mirando las barras del vagón llenas de manos asidas, mitad para no perder el equilibrio, mitad para tener algo entre los puños. Olor que era hedor. Es lo que ocurre cuando no circula el jabón de aroma. Los raquíticos vatios de ida y vuelta proporcionaban apagones intermitentes como el parpadeo nervioso de un incandescente espasmo. Mujeres mal peinadas; hombres de un solo traje. Alpargatas, albarcas, zapatos de cartón teñidos de negro, burruños de periódicos enmoquetando el suelo. El tipo que estaba frente a ella miraba abúlico, como detenido en pensamientos de una única dirección, la manivela de emergencia. Conesa: el soplón. El saludador del andén de enfrente. El camarada de su propio Radio.

(Luego sabría más cosas. Muchas más. Y más nombres que le dolerían de igual forma.

Roberto Conesa, el infiltrado.

José Pena Brea, secretario general de la JSU. El delator de toda la Organización, aunque aquello no hizo que se le conmutara su pena. También diría, aunque demasiado tarde, *que si volviera a nacer, volvería a reunificar la organización*. Quién sabe. Es humano cometer errores. Pero eso vendría luego.

Como lo de Mari Carmen Vives Samaniego, «La Bicho», el enlace de los sectores Norte, Sur y de Chamartín, que fue casa por casa escoltada por policías para proceder a la detención de cada una de las militantes... *A cambio de un par de zapatos nuevos*, confesaría. Tenía sólo 15 años. Les cazarían como conejos. Pero eso lo sabría luego. Más tarde. Cuando ya fuera demasiado tarde —siempre es tarde cuando ya es tarde—. Y pensar, ya ni podía dolerle.)

No sabía muy bien por qué, en ese recorrido interminable de sólo dos estaciones, recordó lo que Manola le había dicho hacía dos días. Que cuando Luis se marchó al frente, a coger un arma por fusil, le acompañaba un amigo. Mua, mua, Manola. Volveremos. Ganaremos y entraremos victoriosos en Madrid, dijo Luis. El amigo no hablaba. Antonio, era su nombre. Manola, su cuñada, la mujer de su hermano Marcos sólo tenía un par de ojos y lo empleó en su amigo. Antonio, se llamaba. De repente, en lugar de ver su rostro dibujado de boca, frente, pelo y nariz. En lugar de ver cada cosa puesta en el sitio que le correspondía: vio la calavera de Antonio. Y no le besó. No hubo mua, mua, ni despedida. Manola tembló y renegó una vez más, como haría tantas veces a lo largo de su vida, de su maldita capacidad para ver más allá de lo que todos ven.

Piiiiiiiiiiiiiiiiiiii. Próxima estación. Cuatro Caminos —la que fuera Glorieta del Catorce de Abril—. Fin del trayecto para Martina.

Salustiano le había contado los años en los que aquella línea se llamaba Progreso-Cuatro Caminos. Pero eso había sido mucho antes. Antes de la ampliación de Estrecho y Alvarado. Al subir las escaleras su vista chocó contra una florista que vendía ramilletes de violetas, claveles y rosas. (*Rosas*; una docena más una. Eso vendría después.)

Al besar a Anita y a Victoria, conformaron un racimo de tres agarradas del brazo. (Flores para una calle sobresaltada.) Interceptando el paso de los pocos que caminaban y los muchos que deslizaban sus pies sin rumbo por aquella Glorieta del Catorce de Abril, que todavía, y para ellas, no se llamaba Cuatro Caminos. Al pasar por delante de la florista vestida como una campesina —faldón largo y negro, zapatillas negras y camisa tan negra como remangada. Pañuelo de labriega, zahíno también, cubriendo frente y mentón, anudado al cuello— aún pudieron escucharla sus interrogaciones en un susurro: *¿tabaco, jabón, chocolate...?* Comenzaban los días del estraperlo.

—Creo que Conesa ha *cantado* —espetó sin dar un respiro a Anita *(tan guapa, tan carita de ángel)* ni a Victoria.

—¿Estás loca?; ¿quién? Si no nos fiamos de nosotros mismos, conseguirán lo que pretenden: dividirnos. Sembrar la duda.

—Te digo que Roberto Conesa ha *cantado*. Y creo que me han dado el beso de Judas en el metro.

—¿Quién? —acertó a preguntar Anita, saliendo de su ensimismamiento.

—Conesa me ha saludado con demasiado aspaviento. Ya sabéis que no debemos hacer ostentaciones en público. Pues bien, se ha puesto como un poseso a levantar la mano con las vías del tren de por medio. Cuando he respondido al saludo he visto dos polis apalancados en la bóveda de entrada.

—Eso no significa mucho, Martina —Victoria hablaba contraviniendo lo que de veras estaba pensando.

—Eso quiere decir que yo soy la siguiente.

Juntas, arracimadas aún del brazo, caminaron haciendo una barricada humana por la avenida de Pablo Iglesias. Ya no era Pablo Iglesias, pero para ellas seguía siéndolo. Hasta la que fuera sede del sector Norte, ya clausurada. El miedo les hizo ser imprudentes y muchos fueron los que las vieron entrar en una casa contigua. No sede; sí lugar en el que reunirse. Sin mediar saludo, Martina habló.

—Conesa, a cambio de algo, tal vez de su propia reducción de pena, está delatándonos. Debemos ser *cautos como palomas y astutos como serpientes* —a pesar de su falta de fe, en Martina anidaban grabadas a fuego las máximas evangélicas de aquellas monjas de su lejana infancia.

Cinco personas, a lo sumo.

Aquella casa prestada estaba vacía de enseres pero todavía acudían compañeros por la pura necesidad de darse ánimos. La secretaria encargada del papeleo, los folletos y las cuotas, que ya no tenía trabajo alguno; tres camaradas fumando en otras tantas sillas y echando la ceniza al suelo, a falta de mesa donde apoyar los codos.

Y un cuarto leyendo, ¿leyendo qué? ¡Qué le importaba a Martina en aquel momento!

El resto había salido a tomar unos chatos al BAR METROPOLITANO, el que fuera prolongación de la sede del Sector, teóricamente clausurado. Más allá de Cuatro Caminos, bajando hacia Quevedo. Allí recogían documentaciones y armas. Sí. Era el tiempo de las armas por fusil. Hacía no demasiado, en ese mismo bar-sede-punto de encuentro, un grupo de camaradas decidió trasladar un buen puñado —treinta y tantas, tal vez— de ametralladoras, ocultas en unas casitas frente a los Nuevos Ministerios, para llevarlas hasta Ríos Rosas, donde décadas después se erguiría el edificio de LA TELEFÓNICA. Pero entonces sólo había una humilde vaquería. De un camarada guerrillero. En un alarde de pericia las ocultaron entre las vigas que custodiaban el rebaño. Leandro González, *el Nai*, *el Marxista* y *el Butragueño* fueron los transportistas.

—¿Me habéis escuchado? Si Conesa ha hablado, tienen nuestros nombres. Vendrán a por todos nosotros. No nos salvaremos ni uno —Martina empezaba a ser un diluvio por dentro.

Uno de los hombres que reposaba su fumar en la descombarcada silla de madera la miró. Detenidamente.

—Martina, lo sabíamos desde el principio. Tarde o temprano pasaría. Pero no debes temer. Las chicas tenéis menos problemas. No hay cargos contra vosotras. ¿De qué se os puede acusar? Las armas las hemos movido nosotros, sólo nosotros sabemos dónde están. Estos hijos de puta se ensañarán con nosotros. A vosotras, una detención, un par de sustos con amenaza, alguna bofetada y a la calle.

Martina no se quedó convencida porque uno intuye cuándo no hay vuelta atrás. Todavía retumbaban en sus oídos los golpes de la primera noche en comisaría. Ellos, los nuevos amos de la patria, no iban en broma. Se zafó del brazo de Victoria y del de Anita y enfiló hacia la calle.

—¿Te vas? —increpó Anita, a medio camino entre la pregunta y la súplica.

—Necesito tomar el aire. Mañana nos vemos. Volveré a casa dando un paseo.

—Hasta mañana, entonces.

—Hasta mañana.

Pero no hubo mañana. Ni pasado. Ni al otro. Ni ningún otro día.

* * *

A la derecha había un campo de tenis.

Adosado al hogar de los padres de Martina, Salustiano y María Antonia, vivía el señor Demetrio. Aunque falangista, buen amigo, no tan mal hortelano y mejor vecino. Enfrente de las casas, las fincas contiguas de ambos propietarios rivalizaban en el cultivo de las lechugas, tomates y acelgas más jugosas, que sus mujeres sofreían con el poco aceite que obtenían. Uno y otro. Lo conseguían en «Los Velascos», no sin guardar la preceptiva cola que imponía la cartilla de racionamiento.

Cuando Martina llegó a su calle se encontró con un grupo de niños que jugaban a la dola bajo la atenta mirada de sus madres, apoltronadas en sillas de mimbre a la puerta de sus casas. Un claro en el bosque en aquel mediado mes de mayo que ya apuntaba fuertes calores.

Saludó a todos, sonrió con estudiada ceremonia cuando pasó delante de su madre, para no disturbar aquel pequeño reducto de asueto y se fue directamente a la cama, sin cenar. No podía dormir, pero se encontraba protegida dentro del útero fresco de las sábanas blancas que su madre lavaba a conciencia. Aún pudo oír el trasteo de cacerolas que perpetraba Encarna desde la cocina e intuyó, sólo intuyó, que su padre estaría en el patio encolando algún mueble desvencijado.

Al rato, escuchó entrar a Oliva.

—¿Estás dormida?; ¿me oyes, Martina?

No hubo respuesta. Pudo haber sido la última conversación confidencial entre las dos hermanas, pero Martina no tenía palabras en el cielo del paladar. Se hizo la dormida. Escuchó el bisbiseo de su hermana mudándose de ropa para alojar su cuerpo junto al suyo.

Era 12 de mayo del 39. Una fecha para no olvidar.

A eso de la medianoche.

La hora lunar. La hora en que el silencio lo aplasta todo, cada miembro del barrio pudo escuchar el ruido que provenía de la esquina de la calle. Tres casas más allá del hogar de Martina, un hogar que hacía chaflán. Sólo después supieron lo ocurrido. Todos, menos Martina.

En la casa de María, la íntima amiga de su hermana Oliva, aporrearon con violencia la puerta. Vivía con su madre, su tío, su abuela y sus hermanos. La madre de María todavía zascandileaba por la casa recogiendo los últimos platos de la escasa cena. Casa sin puertas; hogar dividido por cortinas.

—Toc, toc, toc, toc. ¡Abran la puerta!, ¡policía! ¡Abran!, ¡policía!

Poniendo mucho acento en la «í», no fuera nadie a equivocarse que era la ley y el orden quien instaba aquella casa. Abrió la madre. Sin mediar palabra se colaron dos policías —con acento en la «í»—, manchando de barro con sus negras botazas el limpísimo suelo de aquel humilde hogar. Mientras inspeccionaban no se sabe qué, sin mediar palabra, grito, insulto o improperio, la madre de María pudo ver desde la ventana a otros dos policías dentro de un coche. Un desvencijado Citroën posiblemente requisado a la F.A.I.

—¿Ésta quien es? —dijo con bronca voz, desde las tripas de la casa, uno de aquellos uniformados.

La mujer salió de su autismo para dirigirse a la habitación de su hija María, donde se había producido el primer foco de chillidos. Ellos hablaban así. Incorporada en la cama, con su larga melena envuelta en una redecilla, la adolescente miraba atónita al uniformado de sucísimas botas. El de la voz de destripar terrones estaba sujetando la cortina que proporcionaba cierta intimidad a la única chica de la casa.

—Mi hija —le temblaba la voz. Como si fuera un delito reconocerse madre.

—¿Cómo se llama? —vociferó de nuevo.

—María Rey

—¿Está usted segura? —increpó cabreado y desconcertado. Casi se le cae la «í» del acento.

A la madre de María no le dio tiempo a responder. Mitad porque no entendía la pregunta. Mitad porque de no haber tenido tanto miedo se hubiera muerto de risa... En ese instante oyó cómo le increpaba un compañero desde fuera. Desde el coche. Dentro del Citroën requisado.

—¡Ya te he dicho que aquí no eraaaaa!: ¡que la chica vive dos puertas más allá! Pero no. ¡Tenías que empeñarte en entrar aquí!

Convencidos del error, sentaron a la madre de María junto a la mesa camilla. ¿Tiene tila? Sin esperar respuesta —como era habitual en ellos—. Pues tómese una. (Menos es más.)

Minutos después llamaban a la puerta que buscaban y encontraron. Salió Maria Antonia en camisón, con bata de guatiné sobre los hombros y zapatillas de cuadros desgastados. Repitieron la cantinela. Tan estudiada como la de los toreros: suerte de tanteo, suerte de amenazas, suerte de detención. Tentar, capear y matar. Martina no necesitó oír más, precisamente por escuchar los gritos e insultos. Sin que su madre le avisara se vistió todo lo pulcramente que pudo y abrigó el frío nocturno con una rebeca. El frío interno no había modo de detenerlo. Alguien había *cantado*. Lo sabía desde por la mañana (uno sabe cuándo no hay vuelta atrás). Lo sabía mientras intentaba colocarse el rizo rebelde del flequillo; el mechón disconforme. Como si sólo aquella parte de su anatomía se rebelase contra lo que habría de venir. No cogió nada más. No necesitaba nada. Cerró un instante los ojos para ver más claro antes de reunirse en la puerta con sus padres.

Erguida y serena rodeó a su madre con los brazos y le dio un beso en la frente. No te preocupes, mamá. Todo saldrá bien. Salustiano y Encarna abandonaron sus quehaceres para arracimarse en la puerta. No llovía, que era llanto.

Me llamo Martina Barroso y es a mí a quien buscan. La serenidad de la chica contrastaba con los bruscos ademanes de los cuatreros uniformados y sus gritos, insultos y blasfemias.

Registraron la casa. Que no fue registro sino campo de batalla. Muebles acurrucados en el suelo, ropa derrelicta, jarrones llorando flores esparcidas sobre los aparadores, bombillas rotas, sillas descuajaringadas. Sin amor por lo creado. Aquel desastre de enseres era revuelo y castigo.

—¿Cuál es la habitación de esta puta? —increpó a Salustiano el que más cara de crío tenía

—Si se refieren a la alcoba de mi hija Martina, está al fondo, cruzando el comedor —dijo con impotencia.

Lo buscaron todo; lo encontraron todo. Las revistas, los libros. Rasgaron las sábanas de hilo. Blancas. Limpísimas, a pesar de la carestía de jabón. Rompieron las pocas fotos que había, requisaron las cartas que Luis le enviara desde el frente. La ropa. ¿Les importaría la ropa en un momento así? Las pocas faldas y blusas que Martina gastara, también murieron en aquel saqueo. Ella, congregada en torno a sí misma, asistió a aquel sonoro desleimiento de sus cosas sin emitir una sola protesta.

Al salir del cuarto, viendo a Oliva acurrucada en un chaflán de la estancia, abrazada a sí misma y mudo testigo del desastre, el que tenía más cara de niño, quien, tal vez, sólo tal vez, fuera más joven que ella aunque el uniforme le hiciera aparentar dos palmos más de edad, la miró con desprecio.

—De esta zorra no os va a quedar ni un puto recuerdo. ¿Me oyes?

—Perfectamente. No hace falta que me chille.

La respuesta fue el detonante que le empujó a coger la foto que descansaba en la mesilla caoba. En el lado de la cama donde dormía su hermana. Era un retrato de Martina con Luis en ademán sonriente. Eran días lejanos; felices. Un tiempo que no volvería. Como siempre debiera haber sido. El *cara de niño* rompió el marco en un seco golpe contra su rodilla. Desasió el paspartú de la foto y la desgarró en una veintena de fragmentos. Imposibilidad de reconstruirla. Ni aun con las mañanas de Salustiano tenía arreglo esa evocación congelada del pasado.

—Repito: ni un recuerdo, ni una foto. Nada. Este pedazo de zorrón no ha existido nunca.

Es fácil que Oliva llorara; es posible que no. Pero seguro que llovió por dentro sabiendo que se avecinaban tiempos peores. Los peores de todos.

Arrastraron a Martina por hombros, pelos, brazos y piernas hacia el portón de la casa por un pasillo humano formado por Oliva, sus padres, Salustiano y María Antonia, y Encarna. Martina parecía serena. Pero sólo lo parecía.

(Es preciso beber el agua de los charcos, que diría el poeta, cuando todo se torna en afán inútil.)

Cuando estaba a punto de introducirse en el Citroën escoltada por aquellos policías —con acento en la «í»— aún pudo escuchar los gritos de su hermana Oliva desde el interior de la casa. De dentro a fuera.

—¿Dónde se la llevan, cobardes? ¡Yo quiero irme con ella! ¡Yo voy con ella adonde quiera que se la lleven! ¡Paren! ¡Les he dicho que paren...!

Martina, escoltada por aquellos uniformes que le daban alergia, aquellas bocas de las que emanaban insultos, aquellos ojos autómatas y hieráticos, miró hacia atrás y guardó aquel recuerdo en un bolsillo de su memoria.

Oliva corriendo en camisón detrás del Citroën *Tracción Avant.*

Oliva escoltando, descalza, los pasos de su hermana hacia un ciego resplandor.

Oliva queriéndola, aun cuando no se oye nada, no se escucha la nada que alguien dice. Cuando alguien grita que te quiere.

Viernes. 12 de mayo. De 1939.

XI

Hasta pensar le dolía.

En Conesa; el delator. El saludador. El que no era amigo de su hermano. El que tenía un nombre impropio para aquella época de Juanes, Pepes y Antonios. Y no era un amigo. En Mari Carmen Vives, a quien luego apodarían «La Bicho»; pero eso sería más tarde. En otro sitio, en otras circunstancias. Como lo de José Pena Brea. Repasar estos conocidos nombres con cara, ojos, y manos, le dolía antes de dolerle. También le escocería, pero más tarde. Sin tardar demasiado.

Cuando el coche se detuvo en la calle Jorge Juan, Martina apenas pudo leer el número. No era una comisaría. Ni la cárcel. Ni nada. Era un simple piso. El número 5. Lo sabría luego. El número 5. Una casa común y corriente camuflada en las tripas de un edificio respetable, de un barrio honorable. Con maridos que trabajaban, mujeres que preparaban caldurrios con pocos tropezones y niños que a la salida de la escuela jugaban a la dola, o a la taba, o al escondite. Pero Martina no iba a ninguna de aquellas casas de ordenadas familias. Como la suya. Martina iba, con la mirada alta y el cuerpo torcido, al número 5. Un lugar sin retorno. Hacia las fauces de un temible tránsito de esperar sin saber.

Era un edificio con tres alturas. Una de ellas se computaba como sótano que albergaba las calderas del edificio. (Otros llamarían checa. Pero mejor no llamarlo así, para no cometer el error de confundirlo con otras checas.) El número 5 donde había un poli con la oreja cortada, un comisario que se llamaba Aurelio Fernández, a quien su fama le precedía. Jamás le había visto la cara pero bien sabía de él, de sus malas maneras, sus inaguantables palizas, las sutilezas que tenía en sonsacar a fuerza de golpes y duchas frías. Era un profesional del sufrimiento. Martina penetró a empujones en el número 5 de la calle Jorge Juan. Era como si todo aquello no le estuviese ocurriendo a ella y sí al traje en que ya era, colgado, al fin, de una percha. Que todos movieran de un sitio para otro, zarandeando sus miembros con total impunidad. El mechón rizado de su rebelde flequillo se había soltado de la horquilla definitivamente. Pero ya daba igual. No era momento de rebeliones; ni capilares, siquiera.

¿Cómo se maneja ser detenida? ¿Ser víctima? ¿Tener sicarios a disposición de una misma?

Sintió que desde aquel preciso instante en que rebasó el umbral del edificio ya no vería pasar la vida por delante. Y su oficio sería sólo el de recordar. Recordar para no olvidar. Recordar para mantenerse viva. Recordar para sentir como propio un cuerpo que había dejado de pertenecerle. Recordar. Incluso a Luis. Porque cada punzada de dolor le devolvía una porción de realidad. Recordar... Para cerciorarse que no estaba del todo equivocada.

Los polis la bajaron directamente al sótano. Una

casa con tantas habitaciones y tenía que terminar en la bodega.

Ni relámpago ni sacudida en el estómago. Estaba preparada de antemano para lo peor.

Las calderas dividían el habitáculo en dos: los chicos a un lado, las chicas al otro. Todo un detalle por parte de aquellos borrachos con armas. Entre los tubos y el carbón, escasos veinte metros cuadrados para cuarenta personas. Ellos y ellas. Ochenta en total. Vio muchos cuerpos tirados en el suelo. Serían las dos de la mañana. Mala hora para llegar a cualquier sitio, incluso a una comisaría. Algunos tenían mantas sobre las que reposar sus doloridos costados. Otros, simplemente, estaban sentados sobre el frío suelo. Algunos con moratones, cardenales y señales de golpes acumulados —¿los llamarían obispos?—. No era tiempo de bromas. Martina pensaba a gran velocidad mientras sorteaba aquellos cuerpos.

Aunque fueran estupideces, cosas impropias.

O chistes malos. No era el momento.

Los menos, sin espacio, tal vez los últimos recién llegados, descansaban en cuclillas. La luz encendida. Una persistente bujía tan leve como intensa; testigo de suspiros y tristezas que se acompasaba a la respiración de los acuartelados. Detenidos. Sustraídos de su cama y de su casa como ella misma. Olía a orín, a sudor y humanidad. Al menos, emanaba vida. El suelo procuraba frío y las paredes lo distribuían equitativamente a la perfección. Ni una gota de viento benéfico en aquel sótano oscuro y en semipenumbra con un delgado haz de luz que todo lo veía. Una bombilla huérfana, como único testigo, brotando del techo. El aliento de las respiraciones se había confundido con la pintura desportillada de los desvencijados muros. Amarillo tuberculosis, el techo. La pureza del color antiguo se había rendido, también; como todos ellos. El mundo entero se había rendido cuando sólo había que resistir.

Después de franquear, no sin un exceso de pudor, el hacinamiento de los chicos, el policía le señaló su lugar como si hubiera sustituido su índice por la bayoneta. (Prolongación de mano cobarde que apunta con dedo metálico acusador.) El que debiera ser su lugar, al otro lado de la tapia forjada por calderas. Allí donde Martina pasaría quince días de invierno en aquel pleno mes de mayo.

Vio a Anita *(tan dulce, tan carita de ángel)* y a Victoria, y llegó a ella la estación del contrabando de pieles. Sobre todo a sus ojos verdes. O grises. O plomizos. O mercuriales. Le sobrevino todo el frío de pronto, como si alguien lo hubiera liberado de unas compuertas. También ellas; también yo. Pensaron las tres que las otras pensarían. Bajo esa luz encendida, que obligaba a cerrar los ojos para ver más claro. Inextinguible, con la persistencia del que quiere volverte loco a fuerza de no dejarte dormir.

Con el olor a boquerón y ajo que le había dejado en la comisura del olfato el último policía que se dignó a hablarla, ocupó sus escasos metros acuclillada en la fría losa del suelo. Sedente. Con las piernas pertrechadas sobre su pecho y el mentón apoyado en las rodillas. Como una orante del desierto. Que no desea usurpar espacio. Ni ocupar lugar alguno. Ingrávida, invisible. Eso hubiera querido conseguir con aquella postura, mientras las lágrimas rodaban por las piernas empapando su anárquico flequillo.

Se las bebió todas.

Como quien bebe el agua de los charcos.

¿Horas?, ¿minutos?, ¿días?, ¿segundos?, el paso impreciso de un tramo de tiempo.

—¿Martina Barroso García?

¿Qué se dice cuando se oye el propio nombre?

Sonó tan esquinado como los campos de lignito —si es que los había—. Como el rugido del mar Rojo que siempre imaginó ver y que ya nunca vería.

—He dicho Martina Barroso García; ¡no tengo todo el día!; ¡vamos mona!, ¡mueve el culo!

Como si fuera un privilegio llamarse así, intentó incorporarse con todas sus fuerzas. Le costó un tanto desasirse de aquella postura pétrea de la que no se había desabrochado. Entumecida y apoyada en la pared para obviar los cuerpos a medio camino entre el sueño y la vigilia, consiguió erguirse, mesarse los encrespados cabellos y alisarse la falda negra. Por debajo de las rodillas. Doloridas.

Encontró aquella voz casi a tientas, a pesar de la eterna bombilla. Quien la llamaba por su nombre volvió a apuntar con el dedo índice metálico del fusil a la resaca muscular de su espalda.

—¿Has llorado, perra? —increpó; insultó, el hombre con fusil—. Ahora te daré motivos para que sigas gimiendo.

¿Aquel hombre tenía ojos en la espalda? ¿Las lágrimas le habrían atravesado el cuero cabelludo? ¿Tal vez las manchas de rímel? Posiblemente la cara cortada por el llanto. Nadie sabe cuánto tala una mejilla la salada lluvia de los ojos. Obviando la pregunta y la autorrespuesta se dirigió con un tono medio cordial al tipo de los malos modos y maneras.

—¿Puede decirme qué hora es?

—¡A ti qué carajo te importa! Métete en la sesera una cosa: aquí no hay horas. No existen relojes. Comerás cuando se te diga, dormirás cuando se te diga y cagarás cuando se te diga. ¿Contesta eso a tu pregunta? ¡Pues venga!: *¡andando que vienen dando!*

En las casas de bien, el invitado sigue al anfitrión. Aquí se contradecían todas las reglas. Ni invitados ni anfitriones. Acusadores y acusados. ¿De qué? Pensaba Martina mientras imaginaba hacia dónde la llevaba —seguía, por mejor decir— el tipo del uniforme y la bayoneta adornándole la mano. Todavía no había aprendido que imaginar es peor que la propia realidad. Adelantarse con la imaginación a lo que habrá de venir era más duro que la evidencia.

Creyó subir un piso —¿o fueron dos?—. La cuestión es que subió escaleras. Muchas, o eso le parecieron. Seguidas del tipo de la voz bronca y los insultos instalados en la lengua. También olía a boquerón muerto-yerto. Tan muerto como los niños del tranvía. Un pasillo. Muchas puertas. Oscuras todas. De roble. De nogal. De ébano. ¡Qué sabía Martina de maderas! Algunas tenían un marco de cristal. Ojos de buey por los que mirar y ser mirados; traslúcidos.

Opaco el vidrio, de la que por fin penetró. Turbio. Nocturno. Para enterrar sueños migratorios sin ser vistos.

—*¡Sooooooooo!* A la derecha, putita. ¿Sabes cuál es tu derecha? Y picaportes, ¿sabes abrir picaportes o necesitas ayuda? —le dio sin demasiado brío en los riñones con la culata del arma—. ¡Adentro!

Abrió la puerta. Y abrió la puerta. Dos veces: una con la imaginación y otra con la mano. Las dos manos, porque una de ellas tenía vida propia y se había negado a obedecerla.

Penetró en la estancia que un día fuera alcoba de familia. Tal vez feliz; quizá infeliz. Un padre, una madre, unos niños jugando. Risas. Lágrimas. Peleas. Lentejas. Olor a sudor del marido al regreso del trabajo. Cocido Madrileño hirviendo en el puchero. Suelos abrillantados. Escasos cubiertos en los cajones. Colchones de lana caliente. Sopas de leche para desayunar, con el pan duro del día anterior. Niño, ¿quieres estarte quieto? Vida. Vida. La vida es tan elástica que se queda en las paredes de los sitios en los que se ha vivido. Le hizo bien a Martina aquel recorrido por la mente antes de penetrar en la antesala de lo que parecía un pozo, una arcada, una playa negra; sin olas, sin mar. El mar que nunca nadie le había presentado.

(Escucha y dime, Martina, si fue así...)

Era la primera vez que le ocurría y parecía haberlo vivido cien veces. Cien millones de veces. Una sala de 20 por 15. Paredes yacientes sobre el suelo, que no erguidas. Que no levantadas. Acostadas de tanto humo. Manzana asada, sería su actual color. Un día habría sido amarillo limón. Eso, antes de los desconchones y las salpicaduras de mugre y sangre como el vino de los novicios, mucho antes de las detestables marcas en el suelo y la pueril bombilla colgando de un hilo del techo, muchísimo tiempo atrás de la presencia de aquellos ceniceros que nadie vaciaba. Se respiraban las sombras, el oleaje de lamentos, los seres de vidrio con sus rotos esqueletos. Todos los presentes y los ausentes. El vaho de quienes preguntan y el miedo de los que responden.

(¿Cómo se maneja ser una víctima?)

—Bueno, bueno, bueno... Amiga...

¿Amigos?; no hay ningún amigo. A Martina le molestó la retórica del saludo.

—Toma asiento; ponte cómoda...

Cada uno ataca como puede. Aquel tipo de ojos oscuros hablaba asincopadamente, con una estructura de voz cercana al acero. Rubio. Inusualmente pajizo y alto. Pulcramente vestido. Corbata anudada —nudo estrecho, muy a la moda—, pantalones delimitados por una raya bien planchada. Le vio de frente y le vio de espaldas gracias a esa vieja costumbre de pasear en torno a quien se interroga. O se está a punto de interrogar. El pelo cortado engominado hacia atrás y el estrecho bigote sobre el labio leporino, delataban su posición de excombatiente. La mirada rápida y filosa, como la del pedernal, alertaba a Martina de que no podía fiarse de él. ¿Cómo confiar en un hombre rubio, que habla despacio, se frota las manos con resabios de seminarista y su pecho sube y baja como quien está a punto de comenzar a diluviar sobre el resto?

Aquel hombre, de entre los otros tres que entrarían luego, a pesar de sus correctos modales y su pulcro vestir, le pareció un desollador de animales. Un combro emparentado con las altas mareas. Pero no tenía más remedio que obedecer. Y la estaba impeliendo a ocupar una silla imposible de habitar. Metálica. Con restos de calor de otros interrogados. Otros sentados.

Otros silentes.

Hombres y mujeres por desollar.

—En primer lugar debo pedirte disculpas por el incómodo alojamiento en el que te hemos instalado. Este lugar no es muy espacioso que digamos, y, en fin, sabrás entender las sucesivas visitas que hemos tenido los últimos días.

Sus amables circunloquios no podían ser más demoledores. Alfileres que le devastaban los tímpanos y el cauce del intestino. A pesar de ello, Martina, malsentada, malvestida y maldespierta después de aquella porción de noche a la intemperie del suelo, irguió la espalda y la mirada como quien acepta lo peor.

—Vamos a intentar llevarnos bien, ¿te parece el trato?

—Usted dirá qué quieren de mí.

—En primer lugar, saber dónde está tu hermano Luis Barroso. El miliciano. El teniente de la 33.ª Brigada Mixta.

El que nunca llegó a Francia.

Ni a Perpignan.

Ni al Colliure de Machado.

—Luis murió en el Frente de Barcelona (décadas después sabríamos que en el de Cataluña) en diciembre. No hemos conseguido darle tierra a su cuerpo. Ustedes ya lo saben. Han venido a casa muchas veces y mi madre se lo ha explicado en decenas de ocasiones. Luis murió. Está muerto.

Muerto para siempre. Como todos los muertos que se mueren.

La primera bofetada.

Sonó. Metálica; alambre de espino. Apenas le dolió porque ya le había dolido antes de que se la diera. En ese justo instante entraron dos más. Caras nuevas con peor atuendo y menos acicalados. Igual de cretinos. El pulcro hombre rubio de maneras suaves y sibilinas hizo una nueva demostración de fuerza ante sus compinches. Cómplices. Secuaces. Hombres de hule.

Segunda bofetada, esta vez de ida y vuelta. Como el que unta mantequilla por ambos lados de la tostada. Quedaba claro quién era el director de aquella macabra orquesta. Los recién llegados se cuadraron custodiando las espaldas de canalla rubio como si una mujer sentada presentara algún tipo de amenaza.

—La primera torta ha sido precalentamiento. La segunda para que aprendas que sólo debes contestar a lo que se te pregunta. ¿Queda claro? A mí me da buen resultado. En cuanto hago esto, a todos os queda muy clarito. Espero que no me hagas repetirlo. Ni con la boca ni con la mano. Insisto, ¿te ha quedado claro?

—Sí —dijo, queriendo decir, imbécil, cretino, hijo de mala madre. Pero sólo dijo un modesto sí. Inaudible.

La tercera bofetada. A aquel hombre le brotaban manos de cualquier parte.

—Sí, señor. Se dice: sí, señor. Esta vez ha sido culpa mía, porque se me había olvidado la tercera norma.

Y así, bajo la luz cegadora de un flexo metálico articulado hacia su rostro que moría en una tulipa agotada de un anciano color mercurio, tan pequeña como la palma de una mano y apuntando directamente a sus ojos, transcurrió el resto del interrogatorio. Entre sí, señor; no, señor; no lo sé, señor; tal vez, señor. A las preguntas de: conoces a Manuel González Gutiérrez —secretario general del Sector de Chamartín— o a Pablo Pinedo Ovejero —secretario de Propaganda— o a Gregorio Muñoz —jefe de Organización Militar— o a Julián Muñoz Tárraga —secretario de Organización.

—Sólo de vista, señor —respondiendo a este último nombre en forma de pregunta.

Cuando terminara todo aquello intentaría borrarlo de su memoria. Nunca habría estado allí. No conocía aquel lugar. ¿Jorge Juan número 5?: ¿es una tienda de encurtidos? Eso diría. Porque los moratones, las patadas y los golpes sucesivos se le pasarían. Nunca habría estado allí. Lo decidió en aquel momento en que el pulcro rubio, cobarde, le pegó tal patada que se tambaleó la silla hasta reclinarse contra la pared. De no haber habido superficie vertical, se hubiera desnucado.

—Ese cabrón de mierda fue el que os organizó a las mujeres. Y a algunos hombres. Gachís que debieran buscar marido en lugar de mezclarse con los asuntos que no entienden. ¿Crees que el cerebro de mosquito de una chorba está preparado para la política?

(Quiso decir: sí, imbécil, pero sólo acertó a mascullar):

—No, señor.

Había cambiado el tono de soflama confitada por la imperiosidad del insulto. Sabía que ocurriría. Pero a los escorpiones es mejor verles venir de frente. Mejor un matón de cara que un baboso escorado.

—¿Y no es verdad que estabais bajo el mando de Sergio Ortiz González: Julián Fernández Moreno, Ana López Gallego, Victoria Muñoz García, Antonia Torres Llera, Elena Gil Olaya...?

Le faltaba un nombre: Luisa Rodríguez de la Fuente. Pero no sería ella quien lo pronunciara.

—... ¿Y Luisa Rodríguez de la Fuente?

—Todos los que ha citado somos amigos. Del barrio. Cine, paseos, algún café en un bar. Lo que hacen los amigos.

—¡Dios os junta y el viento os recoge a la puerta de mi casa, no te jode!

No supo decir si *sí, señor* o *no, señor* en tanto que no parecía una pregunta. Pero sí hubo un nuevo revés, con envés, en su rostro amoratado. Los siesos de atrás no hacían nada. Parecían congrios expuestos en una pescadería. Aquellos escoltas de cretinos no debían tener lengua. O estaban entrenados para permanecer hieráticos como cariátides. No probó la palma abierta de sus manos ni el puño cerrado sobre su vientre. El del pantalón de raya planchada a conciencia le dio la venia como quien reparte bendiciones. Martina no supo entender si fue con la boca, con el gesto o con la mano derecha con alianza de casado en el dedo anular y un solitario con brillante custodiando el anillo marital.

—Por hoy es suficiente. Puedes volver a tus aposentos. —Volvió al tono con retintín del principio.

Gracias, señor. Dijo o pensó. Pensó o suplicó. Su cuerpo corcoveó trémulo y entumecido al intentar levantarse de la silla. Herrumbrosa, como de alambre. Como si estuviera completamente borracha a causa de un licor desconocido. Se abrió la puerta y vio el pasillo como el arcén de una imposible carretera. Casi erguida; casi lo había logrado, cuando, sin desearlo, tuvo que reclinar su hombro derecho sobre la pared color membrillo. Deslucida, destartalada. La luz del flexo había conseguido cegarla por completo. Recostada sobre el muro respiró hondo. Todo lo profundo que sus pulmones le permitieron y cerró los ojos para dejar de ver chiribitas. Miles de puntitos titilantes que le harían perder el equilibrio. Depredadores que humillan cuerpos. Y mentes. Y almas. Eso pensó. Aquello le dio fuerzas para erizar su espalda, desencorvar sus piernas y posar el pie izquierdo y luego el derecho. Izquierdo, derecho. Izquierdo, derecho, como una macabra marcha nupcial hacia el abismo.

Franqueó la puerta e hizo todo el zigzag que no pudo evitar a lo largo de aquel interminable pasillo, agarrada a sus propias caderas. Como para no romperse. No descuartizarse allí en medio bajo la atenta vigilancia de aquellos muditos que la custodiaban. Al bajar el primer escalón, uno de ellos recuperó la lengua perdida:

—Eres un cuerpo inútil que está ocupando un precioso lugar en el mundo. Gorda. Fea y desastrada. Después de esto, ¿crees que conseguirá quererte algún hombre?

—Ni cobrando, *me la tiraría* —recuperó el otro, de forma imprevista, también el habla.

¿Sería el rubio cretino de sibilinas formas y pantalón planchado, como aquel judío que crucificaron y que devolvía el habla a los mudos; incluso a los monos con fusil? Ése era el recurso de Martina. Que su mente no cesaba. Humor negro. Canturreos a media voz con la música de *Los Cuatro Generales —Madrid qué bien resiste, mamita mía, los bombardeos; con las bombas que tiran los fascistas se hacen las madrileñas, mamita mía, tirabuzones—*, imperceptibles, para evadirse de todo. *Cuando el español canta, o está jodido o poco le falta.* Qué sabia, la voz popular.

Bajó los escalones uno a uno con la ayuda de los insultos y los empujones de las culatas. Consiguió regresar al sótano que, en ese instante, llegó a parecerle un balneario. Primero sorteó a los hombres. Cada par de ojos la miraba. Los que estaban despiertos. Los que estaban dormidos, ya se lo imaginaban. Atravesó las calderas y se sentó en su rincón. Mientras recomponía una postura que no ofendiera sus maltrechos huesos, pensó para sí misma: ¿podría morirse alguien sin ver el mar Rojo? Se lo preguntó a su falda manchada de botas de campaña y a su blusa, ya nunca más blanca, huérfana de botones. Se lo preguntó porque le vino a la memoria el Atlas de geografía de las antiguas Adoratrices. Se lo preguntó porque una vez, hacía muchos años, en un pupitre hecho a la medida de su pequeño cuerpo, se había prometido no morirse sin ver el mar Rojo. Junto a Luis.

Todo el exotismo al servicio de una imaginación que ahora era su única salvaguarda. El único salvoconducto que le impedía abandonarse a la locura.

(Puede que mirase a su compañera de baldosa; que apretase su mirada contra los párpados amoratados. Quizá amortiguase el dolor de las patadas recibidas dándose friegas con las manos cóncavas de costurera profesional. Es posible que preservase su nariz del fétido olor a miseria humana. Tal vez hiciese todo eso por una única razón: ya no le cabía más desolación dentro de su propia desolación.)

(¿Es así como ocurrió? ¿Así fue el tránsito de tus nervios?)

Victoria y Anita no dormían. Tampoco estaban despiertas. Pero tuvieron la prudencia de no preguntar nada. Una pequeña tortura es un reducto íntimo que encoge el alma y elonga los miembros. Ellas lo sabían. Por eso, y aunque no dormían, no preguntaron nada. Sólo Victoria, pasados muchos minutos, cientos, miles, quién sabe cuántos, posó su mano sobre el empeine de Martina. Una mano que hablaba, igual que tenían voz las palmas y los puños obscenos de los cuatreros del primer piso. O del segundo —quién sabe el número de alturas que median entre la paz y el desorden—. La mano de Victoria tenía la palma abierta, hospitalaria. Una caricia que supo decirle, en el momento oportuno, como sólo los silencios de los dorsos mirando al cielo saben decir: resiste. Porque resistir es no perder. Resistir es vencer... Pero también supo interpretar más cosas, como, por ejemplo, algo que ella sola había intuido en su periplo hacia la sala color membrillo, el flexo y todo lo demás. Que era una mujer triste y seguiría siéndolo. Que su vida estaba arrancándose de un mundo ordinario y no habría bisagras que pudieran sostenerle a él.

Veintidós años. Setenta de golpe en un solo interrogatorio. De producirse un nuevo ascenso a los infiernos de aquella sala, entonces moriría de anciana prematura.

Nadie era fuerte todo el tiempo. Ni siquiera Martina. Una mujer con ojos de brújula.

¿Dónde estaba el sonido del corazón de Luis? ¿Dónde? Sin duda todos debían tener razón porque aquel cordón invisible que unía a los dos hermanos se había roto para siempre. O Martina se había vuelto sorda y ciega para el amor.

Porque ya no podía escuchar nada.

Siquiera sabía dónde estaba Toulouse.

Ni Colliure.

¿Habría roto el hilo fraternal aquella maldita frontera?

XII

Pasaban los días. Con implacable consecución.

No había nadie que no hablara de Aurelio Fernández. Fontenla. El comisario. Se hacía escoltar por un tipo con la oreja cortada. Aurelio Fernández. Inclemente; demoledor. Despiadado. Aurelio Fernández, se repetía Martina desde el suelo donde un ángulo le bastaba para recordar. Y temer.

Pasaron los días. Y las noches. O ningún día ni ninguna noche. El tiempo era apátrida en aquel sótano en deconstrucción.

(El ejercicio de la memoria era la mejor de las penicilinas que muy pronto se popularizaría para erradicar toda suerte de bacterias. Tampoco eso conocería Martina. Aquel medicamento que salvaría vidas y se expendería en cajas de color verde. De ahí surgiría un nuevo color, el verde penicilina. Tampoco eso lo conocería.)

Administraba su tiempo en el entrenamiento del recuerdo. Cuando se habían organizado para reunir dinero y comida para llevar a las familias de los presos. De los tiempos en el Socorro Rojo, su recompensa afectiva en el Comedor Social entre aquellas sonrisas francas de niños abandonados. Sin padres. Mutilados. Huérfanos. Hambrientos.

A pesar de la memoria y su ángulo sobre aquel baldosín del sótano, no podía dejar de escuchar la naturaleza altiva y desdeñosa. Los zafios modales. Aurelio Fernández, decían. Y la luz pestañeaba, alborozada de su condición inanimada. Podía haberse difuminado, pero resistía por ellos; por los hacinados.

La evocación era el mejor bálsamo para las palizas que recibía.

Sabía que su hermana Oliva acudía todos los días a aquella semiclandestina comisaría de Jorge Juan. En el número 5. Arrastraba con ella un petate con modesta muda limpia y algo de comida. La ropa no se la negaban los cancerberos —¿qué habrían hecho ellos con una blusa con cuello de blonda, medias color carne y ropa interior de algodón?—. Pero la comida era interceptada (*se come cuando yo diga y se caga cuando yo diga*; era difícil olvidar este precepto). Tenía miedo de que sus padres pasaran hambre para concederle a ella los escasos víveres que conseguían en su casa mediante las cartillas de racionamiento. Alimentos que no llegaban. Poco pan, pocos huevos, nada de leche, algún escuálido arenque.

(Interminables colas para conseguir aquel valioso legado para la hija encarcelada por veleidades políticas.)

Comida que nunca recibía. Y en su temor hacía todo lo posible por culparse, para no perder la costumbre de sentirse responsable de todo. De la propia culpa, incluso. La emisaria era su hermana, pero Oliva jamás llegó a verla durante aquellos días de pensamientos, hambre y recuerdos ilógicos. ¡Qué benéfico hubiera sido poder mirar de frente los verdes ojos de su hermana!

Tocarse las manos con las manos, abandonarse a la caricia de su oscuro cabello, no rizado, no lacio, como cuando dormían juntas y la hermana mayor velaba los sueños de la pequeña niña, toda ojos de aceituna. Pensaba en ella y todo a su alrededor le parecía Oliva. Y su grande, enorme y firme mirada herbácea. Como si aquel intervalo entre orines y llantos y dolor y miedo y palizas y vómitos y frío y temblores no fuera, como empezaba a parecerle —aunque se resistiera—, el último trayecto de un tren de cercanías.

Nueve de la mañana.

Del otro lado del postigo una mujer morena de paso resuelto y olor a espliego y amenidades repetía dos timbrazos consecutivos en la puerta número cinco. De la calle Jorge Juan. A las nueve en punto de la mañana. Con ropa limpia envuelta en periódicos y tres patatas, dos manzanas, alguna cebolleta y un manojo de ajetes. Provisión humilde para un hambre de emergencia. Un éxodo que recorría, diariamente y a pie, desde su barrio hasta la comisaría-checa (no debiera llamarlo así, para no sembrar confusión)-cárcel provisional-recinto de torturas-asamblea de pánico. Cerca de seis kilómetros campo a través: calles tortuosas, edificios derruidos, terrenos en barbecho, comercios cerrados y desabastecidos; caminantes, vagabundos, somnolientos, pedigüeños, orantes, ganadores —¿de qué?—, sometidos —por todo— . Oliva caminaba. Acompasando sus pies al balanceo de urgencia de sus brazos casi desnutridos, al ritmo de un compás de dos por cuatro. Uno adelante, dos hacia atrás —marcha de legionaria provisional—. El hambre, más aún el miedo, dejaba secuelas difíciles de sepultar. Aun en los caminantes.

Nueve de la mañana.

En punto. Timbrazo que era súplica o exigencia o ultimátum o despertador de emergencia o vete tú a saber; desde fuera hacia adentro. Desde la calle a la caverna. Aldabonazo eléctrico, perpetrado por un dedo índice resuelto a cumplir su cometido: ver a Martina, aunque fuera dentro de su silencio. Ver a Martina como quien se sube a la cúspide de una montaña para ver el mar. Oliva estaba preparada.

Dispuesta a beber el agua de los charcos para saciar su sed de hermana.

Mientras le empujaba la esperanza —que no era sonrisa— de ver por fin a Martina, se abrió el portón, surgió un uniforme sin cuerpo y la miró con lo que le quedaba de su mirada. Ojos que eran cajas de cerillas vacías. Con voz de bisturí impreciso, antes incluso de saber quién era; o sabiéndolo a la perfección.

—¿A qué tanta prisa?

—Soy la hermana de la detenida Martina Barroso García.

Él estaba ahí. Desde el principio de abrir la puerta. Pero no sabía muy bien qué hacer con aquella mujer consecutiva. No hacía falta que dijera su nombre porque todos la conocían. La persistencia de su fragilidad pétrea le paralizaba. Tal vez por eso se parapetó tras el insulto.

—¿Y qué coño quieres? Dame lo que traigas y vete. Lejos. Apestas a cebolla y a sudor, ¿no te lo ha dicho nadie?

Ver la paja en el ojo ajeno y no la viga en el propio. Usufructo de las Adoratrices. Sí, también ella había vestido el uniforme de colegiala y había rellenado las preceptivas 10 cartillas de caligrafía de la Editorial FTD, fundada por los maristas —que luego sería Luis Vives—, para domeñar su mala letra. Años irrecuperables. Para las editoriales, para los colegios, para los enseñantes y enseñados... Para la abundancia, el cine, los paseos y las tardes de sol. Para Martina, Luis, Marcos, Salustiano, María Antonia, Encarna, Manola, Marcos, la pequeña Lolita que apenas tenía un año y medio...

—Si debo pedirle perdón, lo haré. Pero llevo diez días intentando ver a mi hermana y sólo consigo llevar y traer ropa. Llevarla sucia. Traerla limpia. Traer comida. Llevarme nada. ¿Le dan la comida que le traigo?

—Aquí se come lo mejor de lo mejor. Hoy, sin ir mas lejos, tenemos *nitos fritos* —la carcajada fue digna de ofender cualquier tímpano medianamente sensible.

—Aunque no le den lo que traigo —persistió Oliva—, al menos déjenme verla.

—... Tal vez mañana.

(Melville, en 1856, ya había escrito en un dialecto tranquilo y hasta jocoso, como si deseara decir —en palabras borgianas— «basta que sea irracional un solo hombre, para que otros lo sean y para que lo sea el Universo», una frase que se convertiría en consigna: *Preferiría no hacerlo*. Repetía hasta la saciedad su escribiente Bartleby. Oliva no tenía una amplia cultura. No había leído tanto como Martina —que ni siquiera habría leído a Melville—, pero supo, cuando escuchó aquel lacónico «tal vez mañana», que alguien, un hombre, un escritor, un poeta, habría dicho mucho, diciendo muy poco, en torno a los que prefieren posponer lo que no saben afrontar.)

Pudo contestarle: «¿o tal vez nunca?», pero mejor no incomodar al perro de presa que custodiaba la integridad de Martina, no fuera a pagarlo con ella. A fin de cuentas, Oliva volvía a casa. A la escasez, el llanto y la angustia. Pero a casa. Mientras su hermana residía sumergida en aquellas profundidades abisales, como si su vida fuera una improbable existencia a disposición del devenir más fiero, el miedo, la incertidumbre y la humillación. Mejor guardarse la ira en los bolsillos. Trasladar su reseca boca cargada de insultos a otra parte.

Desanduvo los seis kilómetros de vuelta. Oliva. Más que caminar, era un impetuoso deshilvanar el camino.

De regreso y sin noticias. ¿Y si estuviera muerta? De no ser por el petate hecho un burruño acurrucado contra su pecho como si fuera un niño dormido. Era, seguía siendo. El olor de Martina. Su única recompensa para caminar marcialmente hasta Tetuán. *Mientras haya vida, hay esperanza* —de nuevo le brotaban las Adoratrices ahora que no había certezas que llevarse al alma—. Caminó hasta vislumbrar su casa de encalada fachada. Le separaban apenas 100 metros de la sombra oscura y cenicienta que proyectaba el calvario de su madre, adscrita de forma perenne al umbral. Como si estuviera a punto de recibir noticias. Buenas o malas. Pero algo que consiguiera terminar con su rabia. Su espera. Cualquier novedad que hiciese circular el aire en la dirección adecuada o la inadecuada. Pero que se moviese algo; siquiera la paz de los geranios de su pulcro patio.

—¿Hoy tampoco? —le dijo su madre, María Antonia, sin tener que añadir una sola palabra de más a aquella pregunta de mayo.

—No he podido hablar con ella pero la he visto al fondo. Está bien —mintió deliberadamente sabiendo que María Antonia no la creería; pero deseaba creerla—. Un poco más flaca, pero está bien. Y he traído su ropa para lavarla —rápida en el arpegio, bordeó vertiginosa la herida con un cambio de tercio para desviar la conversación hacia el petate.

A esa distancia del beso recién dado, Oliva pudo sentir el olor a jabón de su madre. Ver el precipitado luto de su camisa, falda y pañuelo. Las rayas desleídas del mandil, las zapatillas de lona con un díscolo meñique interceptando el paso del recién brotado agujero.

—Entra y la lavamos. Con el buen día que hace, se secará pronto al sol y te da tiempo a tenerla limpita para mañana.

—Mejor, si te parece, que la lave Manola. Tiene más tiempo y ha conseguido jabón de olor en el estraperlo. Lo hacemos en un periquete entre las dos. Tú descansa, mamá. Descansa.

Mintió. Y las dos sabían que mentía. Y las dos cubrieron con un paraguas de silencio la gran mentira que se llevaría el viento, como se llevaba todo en lo que creían creer.

Cruzó dos puertas y abrió sin llamar el postigo de su cuñada Manola. Además de vidente, visionaria, mentalista u omnisciente, era su cuñada. Su mejor amiga. La mejor que Martina tuvo hasta que cogió un billete de ida; sin vuelta.

Desde el alféizar abierto gritó su nombre. Manola, dijo. ¿Estaría en casa? Quien te quiere está siempre.

—Hoy tampoco.

Lo de Manola no fue pregunta como la de su madre, sino aseveración. Sabía las cosas antes de que ocurrieran. Lo sabía antes incluso de saberlo ella misma, con una convicción que iba más allá del presentimiento. Le brotaba de la certeza. No invirtió un segundo más en prolongar las explicaciones que Oliva no traía entre las manos, en tanto que nadie se las había dado. A cambio, sería dulce, sería diligente, sería resuelta, sería los huesos, las manos y los pies. Sería la cabeza que piensa y actúa. Sería lo que Oliva necesitaba que fuera.

Extirpó, que no sacó, las manos de sus bolsillos para arrancarlas de la inactividad. La falda negra —todas las faldas de aquel barrio, de aquella ciudad, de aquel mundo, ¿serían negras? ¿Tan sombrías, tan melancólicas?—, la blusa crema de media manga, mellada del botón central y las alpargatas de andar por casa. El calzado de solucionar a gran velocidad la vida ajena. Recompuso su corto cabello. Las canas incipientes le hacían más venerable. Matriarcal en los vertiginosos ademanes, desenvolvió el hatillo para sonsacar la ropa y extenderla en la mesa de madera de la cocina.

Las dos lo vieron: el lamparón, mácula, mancha, borrón. Un mapamundi de vino tinto. Rojo tanino. Granate pimentón líquido. Sangre. Hecho a la medida del dolor encallado con imaginación ulcerada. Oliva necesitó irse de paseo por la vida; por el mundo. Por las estrellas. Lejos de aquellas manchas y el olor de Martina en el epicentro de ellas. Antes del ademán siquiera, Manola la retuvo por el brazo.

—Míralo. Grábatelo bien. Que no se te olvide nunca. La sangre se lava, la mugre se limpia, la mierda se friega. Pero nunca, nunca, encorves la mirada. Eso quieren: agotarnos.

El sonido de los dos corazones se acompasó al unísono. En un ritmo de cuatro por cuatro.

—¿Te ha quedado claro? ¡A la pila con esto! La sangre fresca sale bien con agua caliente y lejía. Pon a hervir agua y trae el jabón de la despensa. Dentro de media hora aquí no ha pasado nada. Tu madre verá la ropa blanca tendida de la cuerda, porque no ha ocurrido nada. No hemos visto nada.

Cerraron la puerta de la cocina. Dos «asesinas de restos e indicios», borrando las nítidas huellas que estaban más próximas al incienso y las jaculatorias que al jabón de olor. Con la puerta cerrada barrieron la sangre de la camisa. Extirparon la consecución de golpes que, silentes, anidaban en la ropa. Y orearon las prendas al sol.

No se despidieron. No se dirigieron la palabra.

Manola vomitó cuando su cuñada cerró la puerta.

Oliva aceptó las arcadas sin nada concreto en la mente. Se le había paralizado el miembro de pensar.

Mientras, a escasos seis kilómetros de la lejía y el tendedero, Martina estaba a punto de conocer a alguien que no olvidaría jamás, recordando muy tarde, demasiado, lo que serían los vidrios verdes.

Aurelio Fernández.

El frío le resbalaba por la piel y su ángulo ya no le bastaba; el hambre comenzaba a hacer mella en su debilidad. Aurelio Fernández. Su hermana, sus hermanos, su padre, su madre... Luis. Se llevó las manos a la cabeza cuando escuchó decir su nombre. Martina Barroso García.

Quiere verte Aurelio Fernández. Fontenla.

XIII

Ocurrió lo que nunca había esperado que ocurriera, porque sabía que ocurriría.

Tres días antes habían transportado a las chicas desde el sótano de las calderas a un cuarto del primer piso. Serían veinte en total. En fila de a una, como colegialas disciplinadas, fueron injertadas en una oscura habitación; raquítica en metros. Esta vez sin bombilla. Tal vez una ventana. Ventanuco. Tragaluz por el que intuir el mundo o soñar con él... ¿Hará un día soleado?, acertó a decir Anita (*No se dejen impresionar por la cara virginal de Ana López*, diría más tarde el fiscal y Martina se lo contaría al resto. Pero eso sería luego). Sin respuesta por parte de ninguna; al menos verbal. Veinte chicas —¿veinte?— en silencio, tropezando entre sí y contra su entumecimiento. Protegiéndose de lo imprevisto. Con la cara asustada de dirigirse hacia lo desconocido: escaleras, estrecho y corto corredor hasta llegar a la nueva sala. Habitáculo. Triángulo de brezo para quien mira sin ver. Porque ninguna alzó la vista del suelo; qué más daba. Qué podía importarles un nuevo lugar a aquellas mujeres de cuerpos cerrados. En la materia y en la forma.

En ellas el pavor y la mansedumbre ya era una norma autoimpuesta que, a pesar de apresurar sus taquicardias, había llegado a convertirse en los reiterados intersticios de cada día. La rutina hacia el redil de paredes desconchadas. Interrogatorios insistidos y repetitivos en el despacho color membrillo desnutrido. En medio de la noche, siempre en mitad de la vigilia para disturbar los minutos previos al descanso. O amputar el sueño de quien no lo tenía. Para avasallar su abatimiento.

(Interminables y constantes subidas a la primera planta. Interrogatorio. Paliza. Descenso al foso de las calderas. Aceite de ricino como parte indispensable de la dieta. Diarreas continuas. Diarreas mentales y fisiológicas. Una y otra vez, y otra vez más. Durante muchos días. Decenas de días. Duchas frías. Lo único que les dolía de veras era no sentir. Agrietados los miembros, inflamados los pómulos, irritado el intestino, no había dolor nuevo o desconocido para ninguna de ellas; siquiera la menstruación acudía con la puntualidad lunar, para recordarles que eran mujeres. Porque ni mujeres eran.)

Pero ahora se dirigían hacia los rasgos faciales de una nueva estancia.

Ninguna miró ni preguntó nada, como si quien las condujera no supiera más de lo que sabía. Un léxico nuevo en el camino sin retorno a la anatomía de una desconocida sala. El idioma del silencio como norma. Qué más daban las palabras cuando el sometimiento y la suficiencia eran el mismo verbo, aquel que tan bien conocían: asfixia, golpes, vejaciones sexuales, violaciones. Dos amigas de Martina se habían quedado embarazadas. Aurelio Fernández. Fontenla (a quien Martina conocería en breve) tenía esa sutil manera de completar algunos de sus interrogatorios.

Cuando no: tirones de pelo, rapados al cero, privación de comida, desvelos forzosos. Ojos tapados. Ojos abiertos deslumbrados por flexos. Amenazas. Desamparo. Olor a espinas. Simulaciones de ejecución. Insultos, gritos, humillaciones. Electrodos. Descargas eléctricas sobre distintas partes de sus cuerpos. Mejor sobre las zonas sensibles: costados, orejas, genitales, muñecas, tobillos, pechos. También estaba la modalidad de los anillos. Uno por falange. Descargas casi letales.

Una más, una menos. Tal vez no fueran veinte; ellas no se contaban entre sí. Entraron en las fauces de una habitación pequeña y oscura. Estamos en el primer piso, dijo una, y todas la creyeron. Si no se creían las unas a las otras, ¿en qué creer? Como de rafia las paredes, de alabastro gélido el suelo. Aquel número cinco de Jorge Juan no sabía de la elocuencia del calor. Quince por quince o veinte por veinte, a pesar de que la mayoría eran modistas, ninguna se detuvo a cronometrar espacios. Sí percibieron que era demasiado pequeña y a un tiempo demasiada habitación para tan pocas mujeres y tanto miedo. En el periplo del sótano al nuevo habitáculo —recinto-habitación-alcoba— fosa séptica, hubo un instante en que se miraron a las caras como si no se hubiesen visto nunca. A la luz del día, reconociéndose los rostros, registrando los conocidos labios, las antiguas pecas, el color de los cabellos. *Anita, tan guapa, tan cara de ángel.* En ella se fijaron todas como para descansar la vista. No sólo de pan vive el hombre, siempre es necesaria la visión de la belleza. Aunque sólo sea una vez.

Ni sabían el tiempo que había transcurrido en el cuarto de calderas con los chicos por vecinos, a merced de aquella luz parpadeante que todo lo distorsionaba y, por ello, era como si se vieran por primera vez después de muchos siglos; todos góticos. Aunque muchas miraron sin ver, otras deletrearon las baldosas del suelo. Viejas tretas para no pensar. Dejar de pensar. Lograr resguardarse de futuras tormentas.

—¡Martina Barroso García!

Fue como la llamaron, recién instalada en su nueva sala-habitáculo-recinto-habitación-alcoba. Fosa séptica.

—¿Es a mí? ¿Ha dicho mi nombre, señor?

—¿Te llamas Martina Barroso García?

Así se llamó alguna vez fuera de aquel sitio de entrada y sin salida, pero ahora no lo sabía. Respondía por la inercia de la memoria.

—Sí, señor.

—Pues entonces eres tú. ¡Andando! ¡Que no tengo todo el día!

Aquella frase fue benefactora porque la sacó de la duda entre la noche y el día. *No tengo todo el día*, había dicho. Luego había sol, lejos muy lejos, seguía existiendo el sol. Aunque no saliera para ella.

Martina, delante; el tipo que la encañonaba, detrás. ¿Por qué se encañona a alguien desarmado? Lo anotaría en el compartimiento destinado a las preguntas absurdas. Justo al lado de por qué se insulta como sistema o se pega como moneda de cambio cuando nada se ha dicho o se niega un mendrugo de pan a quien se está muriendo de inanición. Absurdas, como digo, porque no tenían respuesta. Por eso las recolectaba, para guardarlas a buen recaudo. Martina. Tan cauta y ordenada aún en las horas bárbaras.

Pasillo corto. Sucio. Puertas a un lado y a otro de aquel corredor sin ventilación que parecía un tranvía. Se abrió la entrada. Un conato de feminidad le hizo reparar en su camisa desgarrada a la altura de la sisa; el pelo revuelto y la falda con el bajo descosido. Los zapatos hambrientos de suela sobre unos pies sin medias. Aquel privilegio para sus piernas que le había durado, tan sólo, los dos primeros días. De las magulladuras ni se acordaba; tampoco de todo lo demás.

Cuando elevó la vista al frente, lo vio.

Aun sin verle, lo vio. Una cara que recordaría para siempre —aunque el suyo, fuera un siempre muy corto— porque de tanto mirarle se le desdibujaron las facciones. Anodinas, por todo dato.

Llevaba una ridícula capa española que muchos llamaban borbónica y que le alcanzaba hasta las corvas. Desairada. Oscura y deslucida. Anudada al cuello con un cordelito casi colegial que le daba un cariz patético a aquella prenda en desuso. Ni alto ni bajo ni guapo ni feo ni rubio ni moreno ni normal ni anormal. Ni tullido ni cojo ni manco. Era un hombre sin rostro cuya cara actuaba mimetizándose con sus movimientos: bruscos, tétricos, compulsivos, histéricos, asintomáticos. Todas convenían en que era difícil decir cómo era y ahora que le tenía enfrente Martina supo por qué.

Una cara fácil de olvidar.

La tenue luz de la sala de interrogatorios facilitaba el *disfraz de nadie* que gastaba aquel tipo de la capa. Si era premeditado, habría que darle un premio a la zafiedad. En caso de pensar que obraba con elegancia y modos audaces, definía que aquel ser con tan mal gusto era capaz de cualquier cosa.

Como lo era. Como lo fue.

Martina, como todos aquellos que pasan mucho tiempo solos o inmersos en su soledad rodeada de gente, acabó teniendo una percepción muy fina.

(Ella, mi tía, no leería jamás a Djuna Barnes, quien diría algo parecido a esto, pero no por ello era menos cierto o menos vívido. Hay quien piensa de igual forma sin saber que otros lo han hecho antes que ellos.)

Aurelio Fernández. Fontenla.

Excelentísimo Sr. Director General de la Policía Urbana. Director de la Policía Especial del Ministerio de la Gobernación.

Custodiado por dos agentes: Joaquín Ferreira Malpica y Emilio Gaspar.

Emilio Gaspar. Otro infiltrado. Otro que se había hecho pasar por uno de ellos para saberlo todo.

Ondeó la capa igual que una vicetiple columpiara su disfraz de atrezo, paseando con ruidosa y premeditada calma su tacón de bota militar. Lo vio de frente, luego de espaldas. Mediaron unos minutos de presión psicológica destinada a desencajar el ánimo de la detenida. Interrogada.

Presunta culpable de no se sabía aún qué. Una catástrofe a sus 22 años.

De nuevo sintió Martina el olor a boquerón difunto, esta vez empapado en alcohol del barato. De quemar, se diría. Al menos 60° emanaban del aliento de aquel tipo con capa que había aprendido modales en algún barrio chino de capital de provincias.

Aurelio Fernández. Fontenla empezó hablando del tiempo con mueca avinagrada. Hace buen día, dijo. Pronto verás el sol de nuevo —tres pasos al frente—. Pero sólo si colaboras —dos pasos más—. ¿Te has dado cuenta de que se te está poniendo carita de acelga?, dijo —volteó su cuerpo en un giro marcial que dejó a Martina a la intemperie de su mirada—. Casi se te han borrado las pecas, querida niña —apenas estaba a un metro de ella—. Esa cara de adolescente necesita sol; el sol tiene mucha vitamina D, ¿lo sabías? —su aliento ya había acudido con puntualidad a un palmo de la cara de Martina—. Luis estaba en ninguna parte y ella estaba allí.

Ella era sólo una mujer de pelo largo... *La tormenta eran los otros.*

Cóncava su espalda, formando un semicírculo hacia el rostro lleno de ojos de Martina, dio el pistoletazo de salida. Los temibles circunloquios habían concluido. Llegaba la hora de las preguntas. Aquella boca de estrechos labios habló. Aquella boca semienmarcada en un bigotillo linealmente recortado. Rectangular. Aquella boca sincronizada con aquel corte de pelo con raya al lado, peinado en un grotesto bucle «arriba-España», habló. Inquirió.

—Natural de Gilbuena, ¿no es cierto? ¿Provincia de...?

—Pertenece a Ávila. A Barco de Ávila en concreto, señor.

—Buenos judiones, ¡vive Dios!... Así es que una chica de provincias que llega a Madrid no se lo ocurre otra cosa que sumarse a las Juventudes Socialistas, ¿en qué fecha empezaste a coquetear con la política?

—Señor —el tic verbal aseverativo, después de tantos días, le fluía sin problema de sus labios—, desde el 1 de enero del 37.

—¿Quién metió a una chica tan guapa como tú en un fregado como éste? ¿Tal vez fue tu hermano Luis?

—No, señor. Mi hermano nunca me indujo a entrar en política. Era mi hermano y siempre me protegió.

—¿Y dónde está ahora para protegerte? Un hermano siempre sabe dónde está su hermana y acude si ésta le necesita.

—Señor, mi hermano cayó en el frente. Ustedes lo

saben. Lo saben y siguen preguntándomelo día tras día.

—Porque a lo mejor, como sucede en muchos casos, los interrogados mentís un poquito. Y sabéis más de lo que decís. Luego hablaremos de esto. No me has contestado cómo entraste en contacto con la JSU.

Silencio por parte de Martina. Un periódico convenientemente enrollado puede ser un arma brutal sobre el rostro de una chica con hambre y miedo. Fue en la cabeza, sobre su todavía rebelde mechón rizado; altivo. Un leve zarandeo hacia la izquierda que le devolvió, como por inercia, su cuerpo al centro de la silla. Los continuos interrogatorios habían sido un supremo entrenamiento en el arte del tentempié para la joven.

—Perdona, ¿te ha dolido? Es que mis manos tienen vida propia. Cuando oigo decir tonterías, se me escapan solas. Estábamos en cómo entraste en la JSU. ¿Te pidieron como referencia... algún... *trabajito de cama*, en horas extraordinarias?

Cerró los ojos antes de articular palabra y justo después de la obscena pregunta. El puño cerrado directo a su párpado izquierdo; moratón sobre hematoma. Estaba aprendiendo a manejar su propio dolor aunque únicamente era una adolescente tardía, sólo una mujer de pelo largo y rizado. Sin novio. Sin marido. Sin hijos y, ahora, sin trabajo. Después del certero puño no pudo volver a abrir ese ojo en el transcurso del interrogatorio. La militante que aún vivía dentro del cuerpo maltratado contestó. Con la boca y con la mirada. Inseparable del gris o del verde.

—Señor, yo cosía en un taller de las Juventudes. Y no encontré problema en ello, sólo lo vi como un servicio al Partido.

—Cosiendo ropa para los milicianos, ¿no?; ¿les hacías los jersecitos mejor que nadie?... Y dime, ¿qué más cosas hacías en calidad de *servicio*?

—Hasta el 28 de marzo del 39 trabajaba de forma voluntaria en un Comedor Social. Dábamos comidas, meriendas, cenas y desayunos a los niños huérfanos. Los pesábamos, les cuidábamos lo mejor que podíamos...

La última vez que vio la calle hacía un precioso día soleado, ¿qué temperatura haría fuera, bajo el cielo, sobre aquel Madrid robado, prudente ante el cataclismo de las delaciones, el dolor, los asesinos con cuerdas y puños como piedras de mármol? Retomó la muchedumbre del interrogatorio mirando a aquel ser. Como quien contempla un reloj de arena para ver cómo descienden los tordos granos, así se vaciaba la ira de su agresor después de cada golpe. Pegar le desfondaba; evacuaba su campana de cristal de aquella furia de arena. Martina respondió y respondió, mientras él seguía preguntado como un anuro con pólipos.

—¡Qué lastima de energía invertida en el bando equivocado! ¿De qué mes estamos hablando?

—Todo esto, señor, fue hasta el 28 de marzo del 39.

—Después de los sucesos de marzo ¿volviste a tener algún tipo de contacto con tus ex compañeros de partido?

—Fui detenida cuando la Junta de Defensa por pertenencia a la JSU pero me pusieron en libertad sin cargos. Clausurados los locales y cerrado el Comedor, sólo salía de mi casa para pasear por la carretera.

Un nuevo golpe para bloquear su inhibición. La patada adecuada en el lugar adecuado: el bajo vientre. Cerca del útero. Si salía de ésta no podría tener hijos nunca. De eso estaba segura. Una mujer sabe bien lo que le sucede por dentro.

—Sin embargo yo tengo otra información, querida

Martina. ¿No es cierto que tu amiga Ana López —Anita, *tan guapa*— era jefa del Sector de la Sección Femenina y encargada de formar los grupos...?

—No sabría decirle si Anita tenía realmente tal cargo, señor —respondió abrazándose el vientre, todavía dolorido.

—No me interrumpas si no quieres hacerme perder la paciencia. Te lo preguntaré de otra manera: ¿no es verdad que Anita y tú, el jueves previo a vuestra detención, os encontrasteis en la calle a Julián Muñoz Tárraga, secretario de Organización del Sector de Chamartín, y él os invitó a reorganizar los grupos?

—Sí, es cierto. Y Anita y yo estuvimos hablando con él, señor. Apenas algo más que un saludo. Era un conocido. Hablar con un conocido no es delito, señor.

Me estás faltando al respeto, dijo. Mentir es insultarme y hacerme perder la paciencia, masticó. Meditadamente produjo un impasse en sus movimientos, insultos y preguntas. Abrió una taquilla metálica que estaba en un bisel del cuarto para extraer una botella de color transparente, ¿orujo, ginebra, vodka...? ¿Qué sabía Martina de licores? Bebió a morro como lo hacen los quinquis. Hay detalles que devuelven todo a su lugar; mala hierba, pensó Martina. Eructó para que todos pudieran oírle y hubo respuesta de sonrisas complacientes por parte de los inspectores que custodiaban el interrogatorio. Guardó la botella, apestó la viciada atmósfera y sacó unos raídos alambres, hierros, metales —¡qué sabía Martina lo que era aquello, si sólo entendía de telas, entretelas, hilvanes, solapas, cuellos camiseros y mangas raglán!—. Aquel cretino era un profesional de la aberración. Y ella, únicamente una mujer de pelo largo. Rizado.

En un absoluto silencio que Martina gastó en colocarse el mechón en su sitio y recoger sus pensamientos para colocarlos por encima de su miedo, Aurelio volvió a dirigirse a ella: no temas, le dijo Fernández. Fontenla. Te voy a poner unos anillitos de casada. No me los desprecies, porque, después de esto, dudo mucho que nadie te haga una proposición tan *honesta*. Ni tan romántica.

(Los réquiem se tejen sobre seres de desastre.)

Dedo a dedo, con una paciencia de psicópata, cubrió con aretes de fino metal sus dedos de costurera adiestrada en telas. Su dedos de luchadora acostumbrada a repartir pasquines. Primero, le dijo, extiende tu mano. Luego se ocupó de su capa, retirando ambos extremos del grueso paño —qué innecesario en aquel mes de las flores en donde debería lucir un sol maravilloso— hacia la curvada espalda, inclinada hacia la silla donde reposaba la impaciencia de Martina. Una sortija macabra para el dedo gordo, otra para el índice. Corazón. Anular. Meñique. ¿Adónde iría a parar?, se preguntó. Y continuó preguntándoselo, de modo íntimo, mientras él pronunció palabras y más palabras hasta concluir el ritual hiriente.

—Ahora, ¿adónde quieres ir —como si hubiera leído su pensamiento—: al *cielo* o al *infierno*? De ti depende.

No había repuesta que dar a aquella formulación retórica. Sólo pensó en verdes campos de hierba fresca. Irse, marcharse. Que no le quedara encima el mínimo rastro de aquel olor alcohólico y cariado.

—Recapitulemos: cuando os encontrasteis con Julián, ¿hablabais del tiempo?, ¿de vuestros trabajos?, ¿de lo bonitos que son los nombres de las calles de Madrid?, ¿de la fruta de temporada...?, ¿o tal vez de los mirlos, petirrojos, collalbas, golondrinas, periquitos y gorriones?

—se volvió a sus hombres para recibir la obligada recompensa a sus malos chistes; la obtuvo y prosiguió—. Porque... tal vez estemos ante unos expertos ornitólogos, sin saberlo.

—Sólo nos saludamos, señor, y él se fue por un lado y nosotras por otro.

Martina pensó que si algún día recordaba este momento lo rellenaría, igual que se hace con los pimientos, de flores silvestres y rugidos del mar. Mejor, de magnolias. Lo pensaba mientras sintió la primera descarga sobre la mano anillada. Fue como si le atacara un enjambre de abejas por sorpresa, como los martillazos consecutivos de un diestro peón de herrería. Como una detonación de tijeras, cuchillos y demás utensilios cortantes y punzantes que hubieran conspirado contra su cuerpo. Mano, brazo, espalda, riñones, cabeza. Se le escapó un grito.

(¿Quién podía evitarlo? Apenas era una mujer debajo de aquella mujer. Piel de armadillo, solamente.)

—Te voy a ayudar. Sé, porque yo tengo oídos en todas partes, que tú le preguntaste al ínclito Julián, de qué forma ibais a reorganizaros a partir de ese momento. ¿Eres capaz de negármelo? Muchos amigos tuyos han dicho tu nombre y que te encargarías del Socorro.

(Era natural del Gilbuena —no Gibona, como diría luego la mal redactada *Declaración Indagatoria*—. Entre golpes, palizas y torturas, un escribiente impertérrito se dedicaba a teclear con los dos dedos índices la porción sesgada y domeñada de lo que allí sucedía, con sus ojos fijos en la tinta azul que brotaba de las teclas percutoras. Ajeno al dolor, distante al sufrimiento. Voces, palabras, tecleo lento y desestructurado con redacción de niño de primaria.)

Declaración indagatoria de MARTINA BARROSO GARCIA.

En Madrid *a* dos *de* Junio *de mil novecientos* treinta y nueve *ante el Sr. Juez Militar núm.* 8 *asistido por mí el Secretario, comparece el inculpado del margen, el cual es exhortado a decir verdad en lo que sepa y se le pregunte, habiéndolo ofrecido así:*

Preguntado a tenor del artículo 457 del Código de Justicia Militar, dice: Que se llama como se expresa al margen *de edad* 22 *años, natural de* Gibona *provincia de* Avila *partido judicial de* Barco de Avila *vecino de* Chamartin de la Rosa *estado* soltera *de oficio* modista *hijo de* Salustiano *y de* María

no *ha sido procesado por delito*

si *sabe leer* y *escribir. Preguntado convenientemente manifiesta:*

Que está afiliada a las Juventudes Socialistas Unificadas desde 1º de enero de 1.937.- Que ha estado cosiendo en un taller de la Juventud hasta ultimos del año 1.938.- Que ha estado trabajándo hasta el día 28 de marzo de 1,939 en un comedor que daban,comidas,meriendas,cenas y desa yunos.- Que cuando la Junta de Defensa fué detenida por pertenecer a la Juventudes Socialistas Unuficadas pero fué puesta inmediatamente en libe tad.- Que una vez que ntraron los Nacionales èn Madriod el comedor se ce rró recogiendose la que declara a su casa, saliendo de ella unicamente - para pasear por la carrertera.- Que llevaban mucho tiempo sin ver a los chicos de la Juventud y que el jueves día 11 se encontró a Julián, en ocasión que paseaba con ANITA xxxxxxx y les preguntó que se hacía a lo que respondieron la declarante y ANITA que nada a lo que dijo el tal JULIAN que había que organizarse, que la declarante inquirió la forma de llevarse a efecto la organización contestandola el JULIAN que en grupos, tambien les dijo que había que formar grupos de socorrompara los compañeros mutilados y algunos que estaban en la cárcel, asicomo tabien para los escondidos. Que a la ANITA la dija que había que reçoger material de guerra, señalando como lugar El Pardo, a lo que contestó ANITA que no ib añadiendo que en tiempo normal no había estado con bombas y que ahora menos.- Que se encontraron con BUSTILLO hablando de la organización, pero que el viernes por la noche las detuvieron.- Que nunca la dijeron para que querían el material.- Que no hablaron nada más que lo que hace referencia con el MANCO Y BUSTILLO.- Que ha trabajado en la Juventud solamente en cuestiones femeninas.- Que ANITA quedo ncargada de formar grupos quedando citada para el jueves siguiente.- Que la dijeron que ARGIMIRA era jefe de su grupo.- Que la que habla no era jefe de grupo.- Que tiene mucha amistad con ANITA LOPEZ la que era jefe del Sector en la sección Femenina durante la guerra.- Que nunca las dijeron para que qurían las bombas y demas material de guerra.

Que no tiene más que decir y que todo lo dicho es la verdad .- Leída que le fué se afirma,ratifica y firma con S.S.- Doy fe.

Martina Barroso

Declaración firmada por Martina, efectuada ante el juez, después de numerosos interrogatorios.

—No, señor. Es cierto que le hice esa pregunta, pero sólo para saber qué ocurría con el resto de nuestros compañeros y amigos. Volver a verlos, eso era lo que quería. Nada más.

De nuevo el sufrimiento extremo de cucarachas y lombrices. Unos instantes y pasaría. Pasaría. Todo pasaba, aunque Dolores —ya en Francia— les había prometido lo contrario. Aquel hombre no escuchaba. No quería oír la verdad, sólo lo que necesitaba escuchar.

—Vamos muy mal, muchachita. Parece que has decidido *infierno* en lugar de elegir *cielo*. Julián os comentó a tu amiguita y a ti que había que recoger material de guerra, armas, bombas y municiones, oculto en El Pardo y en la Ciudad Universitaria...

—Perdone que le interrumpa, señor —temblaba el cuerpo; tiritaba la voz—, pero Anita y yo le dijimos que eso no era cosa nuestra. Porque si en tiempos de guerra no nos habíamos manchado las manos con armas, ni bombas, ni cosa parecida, ahora mucho menos...

—¡Contesta!: ¿para qué queríais la armas, para atentar contra el Generalísimo el día del Desfile de la Victoria...?

—Ya le he dicho que no sé nada de armas. Ni de bombas. Ni de atentados. Señor, me pregunta cosas para las que no tengo respuesta.

—Si tú no sabes de armas porque sólo eres una pooooobre modistilla, sí sabrás decirme quién entendía de armas en tu grupo. En vuestro sector.

—Tampoco lo sé, señor. Perdóneme, pero no lo sé.

—No sabes de armas, ni sabes con quién te reunías, ni sabes dónde estaban los pisos de las JSU... ¿Tú estás en este mundo porque tiene que haber de todo? Te voy a hacer una pregunta sencillita para que puedas entendérmela.

Se acercó hasta el rostro de Martina y volcando su aliento usado, tan repugnante como sus preguntas, deletreó como si fuera estúpida o sorda, o las dos cosas:

—¿No es verdad que accedisteis a la propuesta del citado Julián Muñoz Tárraga de trabajar en la clandestinidad?: organizando los grupos, ya que se había recibido orden del Comité Provincial de que se obrara de tal forma. Que no se detuviera vuestra lucha.

—... Pero, señor, nosotras le contestamos que eso era imposible. Que los locales estaban precintados. Clausurados todos los pisos de la JSU.

(Otra *Rosa* estaba declarando en la sala contigua que «*de haberse producido una segunda cita, habría acudido a denunciar a Julián a las autoridades*». Eso dijo. En actitud de defensa, pero lo declaró. Tal vez para que cesaran los golpes y las bromas macabras; la extenuante presión psicológica. La coacción era demasiado dura, cuchilla apátrida para una niña *tan guapa, tan joven, tan carita de ángel.* Quién puede tener autoridad para juzgar a nadie. Delatores y delatados. Perdedores todos.)

—No, querida, no me obligues a pedirte de nuevo en matrimonio que ya conoces mi generosidad con los brillantes —detrás de cada broma enmarcada en vahos de alcohol se giraba hacia la clac, para ver si secundaban sus chistes malos; lo hacían con puntualidad castrense—. No es ésa la información que a mí me ha contado un pajarito. Tú pertenecías al grupo de Sergio Ortiz González, y junto con un tal Bustillo y tu amiga Anita, os comprometisteis a organizar grupos de socorro para los perseguidos, incluso pergeñasteis ir a buscar bombas a las trincheras. ¿Digo alguna mentira?

—Señor, lo de las bombas no es cierto. Yo sólo accedí a ayudar a los camaradas, ocultarlos de una muerte segura. A fin de cuentas, todos tienen derecho a la vida. También visitaba a los supervivientes en las cárceles, preocupándome de las necesidades de los presos: comida, comunicación con sus familias... Pero lo de las armas ya le he dicho que no es cierto. Tengo otra cosa que decirle, ¿puedo, señor?

—Habla.

—Que no conozco al tal Sergio del que me habla.

Un nuevo timbrazo de dolor, esta vez con las manos rociadas de gasolina para aumentar la descarga. *Sí* o *no*. ¿Qué más daban sus respuestas? Aquel tipo estaba disfrutando de lo lindo.

(Años después, la reproducción de estos hechos hubiera resultado una performance próxima al *snuf movie* en toda regla, con premios internacionales y stand en las más prestigiosas galerías de arte del horror. Pero en aquel momento fue sensación de materia sin materia. Apagón del alma; dolor estéril.)

—Dejemos a Sergio por un momento. ¿Volvisteis a ver a Julián, querida zorrita?

—No, señor, no volví a verle.

(La otra Rosa confesaba, en la sala contigua, «que se citaron para verse el jueves siguiente en la calle Francos Rodríguez y que ese día iba a hacerse acompañar de Sergio, con el fin de presentárnoslo» —¿el plural incluía a Martina?—; «Julián —prosiguió la que declaraba bajo la presión verbal y las pertinentes torturas— preguntó, antes de despedirnos, si acudiríamos al Desfile de la Victoria. A lo que ella —ellas: ¿incluyó a Martina?— respondieron que no. Que no fuera a pasar algo y sospecharan de todos ellos. Pero no hubo tal cita».)

—... No será que estabas un poco alejada de las Juventudes, porque no contaron contigo para algunas cosas... Como, por ejemplo, el material escondido, que tú dices desconocer. No sois más que escoria dividida, ¿te das cuenta?

Obvió la última parte e intentó contestar a la primera. Quien tenía enfrente ya no era un hombre ni un comisario ni un ser vivo. Era liquen con medallas de cal viva en la pechera aunque no las llevara puestas; hojarasca anidada por gusanos, hedor de almenas y castillos abandonados, pez mercurial, látigo de cigüeñas, embarradas calles sin nombre. Alguien a quien deberle el olvido, si es que el olvido se convertía en un plazo de tiempo destinado para ella.

—Señor, nunca ha pasado por mis manos arma, fusil o bomba alguna... Desconozco si había zulos en diferentes lugares.

Un tic nervioso; estallido neurótico en el párpado. Como si su contrariado ojo derecho fuera más cuerdo que las pocas neuronas sanas que le quedaban a aquel demente. Respiró y cambió el tono.

—Pasemos a otro tema. ¿Conoces a Manuel González? No puedes negármelo porque era el secretario general de vuestro Sector...

—Sólo de verle por el barrio. Ambos éramos de Chamartín...

—¿No es cierto que vuestro jefe era Eugenio Mesón, de 23 años de edad...?

(En la sala contigua, la otra *Rosa,* carita de ángel, respondía a la misma pregunta: «Eso ya lo saben. Ustedes lo saben todo y no sé por qué me lo preguntan. Vivía en la calle Ayala, 34 y tenía alojado en su casa al secretario de Propaganda, Pablo Pinedo Ovejero.»)

—Me suena el nombre de Eugenio Mesón, pero no sabría decirles nada más de él. Para mí, es sólo un nombre. Además, le repito que desde el 28 de marzo no he visto a nadie. ¿Qué tienen contra mí?

(Martina no iría jamás a la Universidad pero su intuición ordenada y el oficio de sus sentidos siempre alertas le llevaron a una conclusión inmediata, a pesar de la borrachera eléctrica sobre su cuerpo. Su mirada se detuvo en el hombre que acababa de entrar en la sala.

Delator, soplón, confidente, infiltrado. Policía disfrazado de camarada de la JSU. Lo supo en décimas de segundo y aun con un ojo completamente cegado. Y entonces sí se hizo toda escarcha por dentro.)

Lo supo porque lo vio entrar en la sala vestido de paisano y oliendo a perfume cuartelario.

(Mari Carmen Cuesta, *la Peque*, diría años más tarde que en el seno de aquella comisaría, aquel hombre que Martina divisara, para su mal, se hacía llamar Emilio Gaspar. Pero hay otro Emilio Gaspar en esta historia de locos e inmoderados y tal vez no tengamos derecho a mezclar los otros con los unos y los unos con los delatores. Dejémoslo en que Emilio Gaspar fue sólo un infiltrado de la JSU, pero no el hombre que acaba de entrar en la sala de torturas...)

El caso es que en la penumbra de aquel dispensario de interrogaciones entró el infiltrado. El disfrazado. El delator. Y Martina desabrochó la certeza de todas sus dudas. Él tenía la llave que abría la puerta. Él había roto, con su boca infectada de nombres que no le pertenecían y afanes que no eran suyos, los sueños saurios de un millar de hombres y mujeres que sólo querían un mundo lleno de ventanas. Él. El mismo que vestía de negro y calzaba zapatos recién abrillantados, corbata azul de nudo a lo Clark Gable, mientras a ella le pedía *matrimonio de electrodos* un chiflado borracho, sometiéndola a una desordenada obediencia y al carbón de sus insultos.

(No sé si tengo un cordón invisible con mi tía-abuela, como el que ella misma tenía con su hermano Luis. Pero conservo la certeza de que Martina debió sumirse en un desasosiego demoledor cuando vio entrar en aquella sala al hombre de los mil nombres, que sólo uno gastaba. Un aluvión de hojas muertas; un diluvio emocional.)

—Bueno, querida niña. Vamos a dejarlo por hoy, que tengo algunas cosas que arreglar con este amigo que acaba de llegar. Por cierto, ¿os conocéis? Discúlpame, soy un desconsiderado que está empezando a perder las formas: Martina, te presento a Roberto Conesa.

Jefe, después, de un Grupo de la Político-Social, pero en ese momento sólo era lo que Martina vio: un infiltrado de la JSU. Delator. Saludador en andenes de metro.

Tal vez Martina respiró para no dejar escapar un gramo de aquel aire que tanto necesitaba. O tal vez no le hubiera importado derrumbarse allí mismo, para siempre. Emulando la orfandad de los sauces. Mientras caminaba por el corto corredor que comunicaba la sala color membrillo desleído con la dependencia donde la aguardaban veinte pares de ojos, sintió náuseas, quiebros y contusiones. Su vida era eso: salir de una sala para entrar en otra. Al llegar a su cuarto se sumió en un rincón, dentro de su estrecho ángulo, para mirar con detenimiento sus ropas manchadas de sangre. Su blusa tiritando carmín de venas y arterias.

La misma camisa que transportaría su hermana Oliva, día tras día. Y que lavaría con lejía y jabón de olor, del estraperlo, su cuñada Manola.

(No tengo certezas. Sólo imagino lo que debió ocurrir, ¿qué otra cosa podía hacer mi tía después de una sesión de anémonas y calaveras?: ¿lamentarse?, ¿decirles a las demás lo que les esperaba...? Si hablaban, y si no hablaban también. No tengo evidencias, pero el invisible hilo de seda tejido entre mi Martina y yo me conduce a imaginar lo que pudo ser y posiblemente fue. Se sintió caer y caer y caer, como aquella niña rubia con una cinta azul en el pelo que una vez siguiera a un conejo que llevaba un reloj en la mano y no cesaba de repetir: «no hay tiempo», «no hay tiempo», «no hay tiempo».)

Pero lo que más le dolió fue la despedida. Tal vez mañana te saque de paseo, le dijo. A mi casa, matizó. Mi mujer tiene partida de julepe con sus amigas. (¿Estaba casado?; ¿tendría mujer e hijos un tipo tan despreciable como aquél? O era sólo una frase retórica.) Matizó. Ya está decidido. Verás la calle y conocerás mi casa, ¿te apetece el plan?

Fueron las palabras de Aurelio Fernández.

Fontenla.

Con la capa cubriéndole de nuevo los brazos, allí donde debiera haber brazos.

(Martina bien sabía lo que aquello significaba. Había escuchado decenas de veces cómo otras amigas y compañeras de celda habían sido excluidas y expatriadas del sótano con idéntica propuesta por parte de Aurelio Fernández. Reemplazaba a unas por otras. Altas por bajas. Morenas por rubias. Sometidas, todas, a la perversión de sus manos que eran tijeras. Vendimiador de virginidades. Recolector de infancias aciagas. Oficiante de caricias robadas.)

Fontenla.

Sólo tenía un nombre, a pesar de todos los apellidos: profanador de menores; violador de palomas.

(Mi abuela Manola, tan firme entre los naufragios, ¿sería capaz de borrar aquellas manchas? En el correr del tiempo supimos que mi tía nunca acudió a casa de Aurelio Fernández. Fontenla. No sufrió la misma suerte que otras compañeras. El caso de su violación —como tantas jóvenes en aquellos años de zulos, abusos y comisarías—, los perpetradores fueron —¿serían?— falangistas alcohólicos y desbocados. ¿Dos, tres, cuatro?; los cobardes siempre actúan en manada y amparados tras una camisa azul; ebrios de tempestad y dispensas carnales.)

XIV

PALOMA, 2004

Lo supe por boca de mi madre. Que mi abuelo Marcos, a través de un amigo policía, se enteró de la violación reiterada de su hermana Martina.

Están violando a chicas en la comisaría, le dijo. Y no pudo llevar aquella noticia a la espalda, sin ayuda. Volvió a casa e increpó a su mujer, mi abuela. Están violándolas y tú lo sabías. No preguntó, aseveró. Manola, lacónica y lapidaria, respondió. Con el gesto y con la voz: yo ya tengo suficiente con lavar la ropa.

Demasiada carga para la estrecha espalda de mi abuelo. Se bebió medio Madrid llorando y vociferando a todo aquel que prestara oídos: ¡esos hijos de puta están abusando de mi hermana en comisaría! Los taberneros amigos sellaban los cerrojos para que nadie le oyera en aquel tiempo de detenciones. Son unos hijos de puta. Es sólo una niña...

Fue la misma época en que mi tía Oliva empezaba a bailar en la cuerda floja del desconsuelo. Esa delgada línea que sólo los acontecimientos monstruosos nos hace cruzar.

¿Cómo, si no, manejar tantas emociones: el hedor de la sangre, la ausencia de Luis y la pérdida paulatina de Martina? Oliva era una superviviente, pero ¿a qué precio?

No he podido saber, materialmente, dónde estuvo mi tía Martina entre los días 2 y 6 de junio.

Después del Juzgado, ¿regresó a la comisaría de Jorge Juan, junto con Anita? Juntas declararon y juntas ingresaron el mismo día en la cárcel de Ventas. Imagino que tendrían que seguir declarando o continuar respondiendo a preguntas sin respuesta porque, día tras día, se producían nuevas detenciones de amigos y compañeros del Radio que, bajo presión y tortura, terminarían por delatarlas hasta de lo no hecho ni dicho. Chicos y chicas pertenecientes al mismo sumario —esto lo sabría yo, mucho después—, afincados, todos, en Chamartín de la Rosa, se verían abocados a insoportables careos y reconocimientos. Unos contra otros, todos contra todos.

Departamento de Menores de la cárcel de Ventas donde estuvo presa Martina, también conocida como Escuela de Santa María.

Divide y vencerás. Malas artes. *En la guerra, como en la guerra.*

Lo desconozco, igual que ignoro tantas cosas. Porque hay demasiados silencios que rompen todos los puentes y sólo me queda recomponer partes de este doloroso puzle al que le faltan demasiadas piezas.

El pasado se te presenta. Te zarandea, te sacude por la espalda y se va con viento fresco. Yo busco párrafos en libros, acumulo palabras escritas por otros, investigadas por otros (Hartmut Heine, Juana Doña, Fernanda Romeu, Ricardo Miralles, Mary Nash, Valentina Fernández Vargas, Tomasa Cuevas, Fernando Hernández Holgado, Mirta Núñez, Antonio Rojas, Mari Carmen García-Nieto, Carlos Fernández, las memorias de Tagüeña y un largo, larguísimo etcétera), trozos de verdad enterrada en libros. ¿Quién es *la voz dormida*, querida Dulce? ¿La nuestra o la de ellos? Puede que sólo a eso se reduzca mi misión: buscar y encontrar. Indagar y no hallar. Sumar y restar. Preguntar para entender. Memorias escatimadas por los años, los pocos supervivientes, la desaparición de papeles en los archivos, la arteriosclerosis. El miedo o el dolor a recordar. Otros, sin embargo, me han ayudado mucho. Como Nieves Torres, Leandro González, Mari Carmen Cuesta, Concha Carretero —*Madame Cibeles*—, que incluso me han cantado en voz alta y atiplada la banda sonora de su lucha: Bandera roja *(¡Avancemos! ¡A la revuelta! Bandera roja, roja bandera. ¡Avancemos! Que en la revuelta, la roja enseña triunfará... El fruto del trabajo nuestro será. En el campo, el taller y la mina, suene ya para los que esperan la hora final de la revuelta. La roja enseña triunfará.)* Me sonríe y dice: nos la cantamos por teléfono Nieves Torres, Carmen Cuesta y yo.

Es sólo una canción pero se sienten mejor, como diría el poeta rockero.

Pero nada devuelve nada a su lugar. Después del periplo de papel y entrevistas sigo sin saber más de lo que sé. Mi inquietud se centra en el presente. Mis ojos miran directamente al verde oliva, próximo al gris, cercano a cualquier color frío que se me antoja el más cálido. ¿Cómo te veo yo, tía-abuela?, ¿la Martina del 39?, ¿la del 2004, que me acompaña en mi búsqueda? La que nunca tuvo la edad que hoy yo tengo.

Sigo tus pasos que constituyen mi mejor plan de fuga contra el silencio. ¿Marquetería emocional?, ¿interiorismo histórico?, ¿trampantojo vital? Intento entenderte para entenderme. Puedo cantarte bajito, ahora que me miras con esos ojos encerrados en un cuadro: *gracias a la vida que me ha dado tanto...* Sólo añadiría una coda a Mercedes Sosa: *a mí me ha dado la risa, a Martina el llanto*. Seguro que no le importa; estoy segura.

¿Por qué soy la depositaria de esta herencia familiar? La historia de este legado que me ha desgastado las suelas de Archivo en Archivo, de Universidad en Universidad, de casas de supervivientes a placas conmemorativas. No sé los motivos, pero así lleva siendo un siempre muy largo, que dura años. Cuando se rompió tu cordón con Luis, te afianzaste en uno nuevo para la hija de la sobrina que vendría. La que tendría un nombre que sugeriría alas. Tú y yo, unidas por un lazo invisible. Así ha sido siempre, desde que encontré en el armario —¿almario?— de mi madre aquellas alpargatas de esparto con una mariposa bordada. Desde entonces me remangué los puños de la heráldica familiar y me sumí en un proceso de inmersión; a pleno pulmón y sin botellas de oxígeno. Todo lo demás son coartadas de la imaginación. Cortafuegos del presente. Mi abuela Manola se llevó demasiadas certezas a la tumba y la tía Oliva, tu hermana, guardó silencio hasta su muerte. Tu cuñada, Encarna, también silenció aspectos importantes de lo que ocurrió en comisaría, poniéndose demasiado nerviosa cada vez que le preguntaban si era verdad que Martina sufrió abusos por parte de quien fuera. Ella podría haber contado mucho, pero prefirió callar. Ni siquiera miembros de su familia supieron nunca que ésta había estado en la cárcel de Ventas. Sólo mi madre habla. Llora mucho cuando recuerda las conversaciones de antaño. Pero habla y no miente cuando dice que en casa de los abuelos, tus padres, querida Martina, hablaban de ti sin nombrarte («Lolita tiene las mismas pecas que "la otra", se parece a la "otra"...»). Como si pronunciar tu nombre invocara desastres, cataclismos y demás inclemencias impensables.

No sé lo que hago ni lo que haré con ese número impar del que formas parte. Trece, doce más una: tú. Tal vez custodio mi pequeña porción de pasado, que ya hoy es presente, para averiguar lo que aún no sé: ¿dónde estuviste aquellos días?; ¿amaste y te amó algún hombre?; ¿es cierto que tu hermana Oliva se echó un novio policía para instrumentar tu salida de la comisaría?; ¿fuiste feliz, infeliz o medio pensionista de felicidad durante algunos años?

Seguiré, Martina.

Porque me dices sí, sin decirme nada. Y yo asiento con la cabeza a tu foto que custodia la mesa de mi despacho. Lo único que te ha sobrevivido. Sellada en Estudio Roca, Tetuán, número 20. Dicen que nos parecemos; que no nos parecemos nada. Un fantasma que se cuela en tu vida no puede parecerse a ti ni a nadie, aunque un remoto día fuera persona. Ser vivo. Y tuviera unos ojos que se parecen a los míos; aunque de otro color. Es la mirada, la que es idéntica, la melancolía de su dirección, la ambigua sonrisa de Gioconda. Un fantasma que se cuela en la mitad de mi vida.

Aunque se escriba un libro, nadie sabe de la vida de nadie. Por aquí estuvo, por allí trabajó, militó en tal partido, dicen que tuvo un novio, pasó por tal comisaría, vestía de tal forma... Aunque se escriba un libro, queda lo más difícil: asumir que *las voces dormidas* no hablarán nunca más —tan dormidas como la tuya, querida Dulce, que hoy también duermes, y sabrás todo lo que no supiste cuando no dormías e investigabas como yo lo hago ahora. Sabrás, a estas alturas, más de lo que yo he podido saber en todos estos años—.

Además de estas páginas, querida tía, me dedicaré al incienso de las catedrales, a prender velas ante tu única foto, a custodiar tu memoria. Porque has llegado y te has instalado sin pedir permiso. Aunque yo lo he permitido.

Los fantasmas sois así. Pero los que no somos fantasmas, también tenemos frío.

Lo decía mi abuela, tu cuñada: «hay un fantasma para cada persona», decía. Ella que se codeó con no pocos a lo largo de su octogenaria vida. Yo te heredé, querida Martina, a través de ella y por eso soy capaz de verte instalada en el ángulo de aquella oscura sala de Jorge Juan. Número cinco. Y sé de tu hambre, tu miedo, tu frío. Tu militancia por pura fe en un mundo mejor. Si hoy vivieras, tal vez estarías en Colombia o en Guatemala o en Nigeria o en Ruanda o en Chechenia o en Kosovo o en Irak, ayudando a los necesitados, marginados, bombardeados, hambrientos, desterrados, defenestrados, refugiados (en este siglo XXI, en el que tu fantasma y yo convivimos, el país que más ha crecido en habitantes ha sido el de los refugiados; el de los sin nada). Porque ésa era tu esperanza y tu motor de fe. Por eso anudo con fuerza el cordón invisible que a ti me une, afianzo el vínculo que perdiste con Luis, cuando Luis no llegó a Colliure ni a ningún otro lugar.

También sabes que yo no te he elegido y sólo tú sabrás por qué me has escogido a mí. Tan cuidadosa como implacablemente.

Tengo en mis manos el libro de Juana Doña. *Querido Eugenio*. Ella me entiende y yo la entiendo a ella. Perdono por principio (¿tengo yo capacidad, o autoridad siquiera, para perdonar?), porque hay que estar en el lugar de los hechos para entender los hechos. *En la guerra como en la guerra*. Aunque fuera acabada la contienda y os cogieran como a conejos. Armadillos. A pesar de los casi 200.000 asesinados entre el 39 y el 44. Fusilados. Sumarialmente ejecutados. En sólo cinco años. ¿Genocidio? ¿Dictado del odio? ¿Purga sistemática por motivos políticos? Vivir es un trabajo de 24 horas diarias, mientras que morir sólo cuesta un instante. Aunque se prolongue en el tiempo y el espacio, aunque sea de forma cuántica.

Me cojo por los hombros para reconducirme. Vuelvo la vista a tu retrato. ¿Qué te diría el fotógrafo? «Sonría, por favor.» Ni bajo petición te brotaba la alegría porque supuras melancolía en la instantánea. ¿Dónde estuviste esa semana, entre el 2 y el 6 de junio? (¿Tal vez volviste a comisaría para seguir prestando declaración? ¿Te delató alguien más?) No hay respuestas. Me has enterrado en preguntas, pero no me ofreces ninguna respuesta. Sé que no hay nada personal en su silencio, que es sólo eso: ausencia de palabra. Sea cual sea el resultado de mis investigaciones —averiguaciones, periplos, indagaciones—, tu foto, Martina, seguirá ahí, custodiando mi mesa. Mi vida. Con esa sonrisa ambigua, mitad dolor de muelas, mitad pulsión de sueños interiores... y ese flequillo, por fin, aunque sea sólo en un retrato, por una única vez, el mechón rizado completamente domesticado. Sigue sin respuestas pero atenta a mis pasos desde el marco y el paspartú que te encarcelan dentro de la instantánea. Para que no se rompa nuestro invisible vínculo.

No sé si sirve para algo el recuerdo, como tampoco sé si la justicia del no olvido redime una vida de la tragedia. Sólo confieso que hago lo que hago porque necesito hacerlo. No por ti, sino por mí. El cordón invisible se ha adherido milagrosamente a ciertas regiones de mi alma, igual el sabor y el olor de la libertad que perseguías (¡qué prostituido este concepto!, ¿verdad?) y por eso abro cada día mi armadura invisible para vivir la fría y dura vida que tú no viviste. Porque tú no lo sabes, Martina, o tal vez sí, pero también hoy la vida es muy fría y muy áspera. Aunque ya no haya comisarías en Jorge Juan. Número 5. Aunque hayan derruido la cárcel de Ventas... La vida siempre te mira con ojos de mármol cuando te equivocas, cuando cometes. Martina. Tía. Tía-abuela. Tan Barroso como yo. ¿Habrá algo hereditario en ciertas mujeres que nos conduce al desastre?

Pensé que eras sólo una mujer de pelo largo, una antepasada sin más. Una herencia genética perteneciente a uno de los dos bandos. Tardé tiempo en saber todo lo demás.

1 DE JUNIO DE 1939: Firma su declaración en comparecencia ante el director general de la Policía Urbana:

AYUNTAMIENTO DE MADRID

CIÓN GENERAL DE POLICÍA URBANA

COMPARECENCIA- DECLARACION
de==========================
MARTINA BARROSO GARCIA/

En Madrid a uno de Junio de mil novecientos treinta y nueve, en esta Dirección General de Policía Urbana, ante su Director DON AURELIO FERNANDEZ FONTENLA Y los Agentes D. JOAQUIN FERREIRA MALPICA, D. LUIS FERNANDEZ VILLARJUBIN, D. RODOLFO MARTINEZLOPEZ, D. EMILIO GASPAR ALOU y D. JOSE GONZALEZ FERNANDEZ este último habilitado como Secretario para la practica de estas diligencias ,comparece la que manifiesta llamarse MARTINA BARROSO GARCIA, hija de Slustiaño y de Maria, de 22 años de edad, sotera, natural de Gil Buena (Avila), avecindada en Madrid,con domicilio en la calle Calderon de la Barca nº1 (Tetuán de las Victorias), detenida en los calabozos de esta Jefetura por existir cargos contra ella como complicada en el trabajo clandestino de las Juventudes Socialistas Unificadas en esta Capital; la cual convenientemente interrogada acerca de los cargos de que se le acusa manifiesta que:

Pertenece a las J.S.U. desde el año 1937; que desde Abril de 1938 dejó de frecuentar el Sector de Chamartan, que era al q que pertenecía, alegando para ello que por estar trabajando le era materialmente imposible acudir a dicho Sector, limitándose a cotizar.

Que después de haber sido liberado Madrid por el Glorioso Ejército Nacional, se encontró en ocasión en que paseaba por la llamada Carretera de Tetuan de las Victorias, a JULIAN MUÑOZ TARRAGA, el cual le manifestó que las J.S.U. estaba trabajando en la clandestinidad y la requirió para que trabajara con ellos, cosa a la cual no accedió la declarante, y siendo citada para una nueva entrevista no acudió a la cita.; siendo la vez anteriormente citada la única que se entrevistó con el referido JULIAN MUÑOZ después de liber do Madrid.

Manifiesta no tiene más que añadir que lo dicho es la verdad, que se ratifica en lo declarado, por lo que leida que le fué esta su declaración, la firm en unión del Ilmo.Señor Director Gral ~~asi~~ de la olicia rbana,~~xxxxxxxxx~~ de los agentes antes mencionados y ante mí que como Secretario doy fé.

La declarante — EL DIRECTOR GRAL. DE LA P/U.

Los agentes

El Secretario

Declaración de Martina en la Comisaría de Jorge Juan, número 5, firmada por el director general de la policía urbana, Aurelio Fontela.

Aurelio Fernández Fontenla. Agentes testigos: Joaquín Fernández Malpica. Luis Fernández Villarjubín. Rodolfo Martínez López. Emilio Gaspar Alou y José González Fernández, este último habilitado como secretario en la práctica de estas diligencias.

2 DE JUNIO DE 1939: Declaración indagatoria ante el señor Juez Militar número 8, asistido por su secreta-

rio. Comparece la inculpada del margen —Martina Barroso García—, la cual ha sido exhortada a decir la verdad en lo que se sepa y se le pregunte, habiéndolo ofrecido así. Preguntando a tenor del artículo 457 del Código de Justicia Militar...

Martina repitió. Nombre. Apellidos. Domicilio. Hija de Salustiano y María Antonia. Hermana de Luis —el que no llegó a Colliure—. Repitió lo que había dicho cientos de veces entre palizas sistemáticas, electrodos anillados, violaciones, aceite de ricino y simulacros de ejecución: «sí, señor; no, señor; Sindicato de la Aguja, señor; Unión de Muchachas, pertenencia a la JSU. Señor, señor. Todo y otra vez. Una vez más. ¿Sería la última, al fin?

Todo esto lo sé.

Como tampoco ignoro que hay otra persona clave en el sumario. Las palizas continuas le hicieron delatar. Decir todos los nombres que sabía y aun lo que no sabía. Revolvió en su faltriquera de miedo y sacó de la entretela nombres y apellidos y calles y cargos... Esto lo sé hoy, pero tú, Martina, en aquel momento, no podías saberlo. Su nombre bien lo conocías: José Pena Brea. Secretario general de la JSU. Su delación hizo caer a toda la Organización. El Auto Resumen diría: «Con tan funestos resultados tuvo un comportamiento digno en sus últimos días —un insulto a la verdad, ¿no te parece, tía?—. Es acusado en todas las declaraciones, su nombre es clave en este sumario, pues su actuación ha sido muy activa —válgales la redundancia...—, y estaba dispuesto a continuar su campaña, aun a pesar de merecer perdón, pues, según manifiesta el citado folio, tan sólo muerto dejaría de organizar estas Juventudes Socialistas Unificadas para luchar contra la patria.»

Pero esto, tía, tú no podías saberlo. Me lo contó hace pocos meses Nieves Torres, quien a su vez se lo había dicho Carmen Machado —que fue sacada del Departamento de Menores de la cárcel de Ventas y llamada a Diligencias a la comisaría de Jorge Juan—, que estuvo en la sala contigua. Mientras declaraba José Pena. Brea. A través de las finas paredes de la sala pudo escuchar las torturas y palizas que le propinaron al compás del tecleo incesante de una fría y negra máquina de escribir Remington Typewriter 1925.

También le escuchó delatar a toda la Organización: nombre por nombre, calle por calle, cargo por cargo. No había hecho falta que Carmen Machado lo oyera. El sumario está ahí... Pero ¿quién puede juzgar?, ¿alguien elige ser víctima?, ¿un valiente en la derrota? Sería el primero.

Así, sin ninguna garantía jurídica, utilizando la tortura sistemática —en la que luego he sabido que participaron muchos jueces como Juan Calero—, los Tribunales incompetentes y corruptos se alimentaban de delaciones no contrastadas. Tengo los papeles delante. Fotocopiados, microfilmados, subrayados, estudiados. Hasta aquí, sé mucho. No todo, pero bastante. Me queda una duda.

Miro al retrato y te pregunto por última vez. No temas que esta pregunta no duele, tía: ¿dónde estuviste entre el 2 y el 6 de junio?

XV

6 DE JUNIO DE 1939
¿Cómo se asume ser víctima?

Era verano y, por serlo, los muros de aquel recinto amurallado estaban vestidos de blanco enseñoreados por el baño de sol de la incandescente luz de la mañana. Pero era aún más verano dentro, a pesar de los grandes ventanales. Nada como el calor humano: hacinamiento de pieles. Victoria Kent pensó aquel edificio diseñado para albergar 600 mujeres y en los *mejores* tiempos la cifra no bajaría de 11.000. Si una vez hubo cama, mesilla y armario por celda, todo aquello se había diluido en lodo humano. Doce, cuando no quince, mujeres por chabolo, a la intemperie de un mobiliario que ya no lo era.

Almacén de mujeres, lo llamarían. (¿Cómo se termina siendo una heroína a pesar de una misma?)

Algunas, sin saber la razón, dormían en váteres, corredores y escaleras. Si esperar es una tragedia, lo es más si no tienes dónde reposar tu espera. Sin un control, sin una dirección, ¿adónde se va?

Cuando Martina divisó desde el Citroën —requisado, ya se ha dicho— el blanco edificio blanco que tanto retratarían los fotógrafos oficiales del Régimen, estaba transida de pavor. El coche se iba acercando lentamente, como para concederle tiempo para acostumbrarse a aquel pequeño Saigón que la esperaba. Sus ojos plastificaron aquella estampa: desde lejos, primero; mucho más cerca, después. ¿Salir en los libros?, se le cruzó por la mente. Porque, algún día, los libros hablarían de aquellos días que no eran de vino y rosas. (De rosas, sí. La naturaleza de los hechos tiene sus macabras coincidencias.) *¡Mal rayo les parta a los libros y a quienes los escriben!* Martina venía del infierno y peregrinaba un nuevo abismo donde estaba alineado todo su miedo. Como una Alicia expulsada del país de las maravillas hacia un negro pozo desconocido. Estaba toda inflamada por dentro de delatores y delatados; de hematomas y contusiones, por fuera. ¿Cuándo terminaría aquella estación del calor y las calumnias? Sus ojos, próximos ya a todos los colores gélidos, bramaban cierta rendición.

Cárcel de Ventas. Podría haber sido «Claudio Coello» o «Quiñones». Pero fue Ventas.

Dos veces prisión —como diría Ángeles García-Madrid—. El Departamento de Menores, un adagio de instrucciones bien adiestradas. Anita, Victoria y Martina pasarían a engrosar la telaraña humana que conformaba aquel Departamento destinado a la reinserción social de las presas que no habían alcanzado la mayoría de edad. Martina pensó, al recibir la noticia, en sus 22 años bien cumplidos; pero no dijo nada. No era menor, hacía miles de años que había dejado de serlo; era una anciana de 22 primaveras. Si ellos no se daban cuenta, tampoco ella diría nada. En los días de comisaría —¿20,

30, una centuria...?— había aprendido a callar como norma. Ni preguntar ni contestar era su reciente adiestramiento. Llegaría el momento en que dijeran su nombre:

—Ana López, Victoria Muñoz y Martina Barroso: al Departamento de Menores.

... Y no pronunciaría una sola palabra.

Las demás, a las galerías de Presas Comunes.

¿Cuál sería su sentencia, antes de haber sentencia?

Nadie se puede morir cuando tiene tantos asuntos pendientes: duda, nostalgia, miedo... vida.

Lo que son las cosas: de sastra a presa política, aunque Martina era más libre que quienes la vigilaban. Pero eso no lo sabría nunca.

Antes de cruzar el umbral de la prisión de Ventas decidió, pergeñó de antemano, su actitud: resistiría travestida de un ser invisible y correcto. Inodoro. *Insaboro* —si se permite la licencia—. Sumergida en la mitad de sí misma que no deseaba que le arrancaran. Como un lémur que atraviesa las puertas, circula por los corredores y asiente con la cabeza... ¿Estaría perdiendo la noción de aquello que está bien y lo que está mal? Para su discernimiento: se impuso detener el tráfico de pensamientos. Sólo a eso aspiraba. Eso sería. Un lémur en la noche, durante el día, a todas horas.

(«Equilibrada, muy sensata, muy razonable, muy limpia por dentro y por fuera. Así percibí a Martina desde el primer momento», me diría hace pocos meses Josefina Amalia Villa, mirándome de forma penetrante como si quisiera taladrarme hasta la nuca con su énfasis; entre aros de humo de tabaco rubio americano y dirigiendo su voz hacia la grabadora. Pertrechada de decenas de libros. Inteligente, cerebral, observadora. Ajena a la parafernalia reivindicativa de cualquier tipo.... Tal vez, quien mejor supo captar la esencia de Martina.)

Salió del Citroën, miró al frente y recibió un culatazo en los riñones que la invitaba a caminar. Puerta de entrada; protocolo de ingreso. Sigue. Camina. Respira. Estás viva. Mientras hay vida, hay esperanza (¿no era eso lo que repetía sor Angélica, en las lejanas —lejanísimas— Adoratrices?). Eres una niña que acaba de envejecer, pero una niña con suerte. Otros compañeros y compañeras están muertos, así es que no renuncies a tu Dios: tu fe en algo mejor. Eres primavera. Tal vez no lo veas, pero todo está en construcción. Tú eres una de esas albañiles del nuevo mundo que vendrá, que empieza ahora a construirse sobre este lodazal de dolor. Muladar de odios y licor de represalias. Tú eres un cimiento, un contrafuerte, una piedra angular. Una de las muchas, de tantas, Martinas que logran que todos los semáforos se pongan en verde. Decenas de Martinas. Miles de miles de Martinas que sois la sal de la tierra. Como las Carmen, Blanca, Pilar, Julia, Adelina, Elena, Virtudes, Joaquina, Ana, Dionisia, Victoria, Luisa...

Esto debió pensar —o me gustaría que hubiera pensado— mientras se completaba el papeleo de ingreso. Vertiginoso. Toda la burocracia era rauda en aquel tiempo. Las puertas se abrían a la velocidad de la luz... Lo malo es que después se cerraban para siempre.

Sin saber bien cómo, sintió que sus pies avanzaban por un generoso corredor blanco escoltada por dos cuidadoras —gobernantas, mandantas; señoras de muy mal vinagre—. De pelo corto y poca feminidad, ambas. Con voz de terraplén. No retuvo ni uno solo de sus rasgos. La más ampulosa en carnes le asió por debajo de las axilas como si estuviera borracha o a punto de desmayarse. O escaparse... ¿adónde? La otra sólo iba de comparsa.

Como un lémur, no más que un lémur, sólo un lémur; así en la noche como en el día. Pero no como los lémures temidos por romanos y etruscos (que ella desconocía) y sí como los fantasmas, sombras y duendes que vagan en la noche (de los que Manola tanto le hablara).

De repente, se hizo penumbra.

Contradiciendo al mediodía, se oscureció el techo del mundo. Estaba en la tierra aunque bien quisiera estar en algún tipo de cielo. Por eso no vio lo que luego aprendería de memoria: los intersticios de aquel «hotelito» de cinco estrellas lleno de niebla y mujeres que vagaban. Mujeres que se afanaban en sobrevivir. Por eso, porque ella estaba viva, se autoimpuso registrar con la mirada.

Tres plantas divididas cada una por una galería central que separaba el ala diestra de la siniestra. Cada planta, a su vez, tenía tres galerías de celdas —calabozos, ergástulas, chabolos—. No le interesaba el miedo encerrado tras los barrotes gruesos sellados con monumentales cerrojos porque ya lo conocía. Le preocupaba el mal, el dolor interno encerrado dentro de su carne. Abajo, y eso también lo sabría con el tiempo y el deambular por los corredores, estaban los sótanos. Como galeras de barcos de la Armada Invencible: habitáculos cuadrangulares y húmedos. Hediondos. Contenedores de la basura que llovía de los patios sombríos y cenicientos preñados de desperdicios de los que deshacerse por la única borda posible.

En sus ojos no quedaba nada, pero siguió mirando. No ahora que sólo caminaba escoltada por las gobernantas, lo vería luego. Con los ojos de después. Mujeres muriéndose de inanición en la enfermería, consecutivas filas de jergones de paja tirados en el suelo. El tercer día en prisión conocería la galería de ancianas. Con la mano a modo de mascarilla para no inhalar los fragores de excrementos, vómitos y orines de aquellas sexagenarias. Largas colas para acceder a un retrete. Mejor mearse y cagarse encima. Total, ya habían perdido toda la dignidad.

Tampoco lo vio, pero lo vería.

¿Cómo se maneja ser veedora de lo que jamás se debiera ver?

Por fin llegaron en ese tren de cercanías que conformaban la reclusa y las dos gobernantas. También había mandantas (como Pilar, Elena Pozas)... Y una jefa de Servicios: Matilde Revaque.

DEPARTAMENTO DE MENORES. Final de trayecto.

Si estamos en tiempos de paz, como cacarean los jurisconsultos, jurisprudentes y juriomniscientes, ¿a qué esta guerra inútil, intramuros de esta horrible ciudad de piedra blanca? Lo pensó antes de ver aquella estancia. Sótano. Mazmorra. Bodega. Subterráneo. Cuando menos había una terraza que hacía las veces de patio independiente —al fin vería la luz del sol—. Estaría con Victoria y con Anita. ¿Dónde estaban?

El precio: estar aisladas del resto de la reclusión, de las demás camaradas, compañeras y amigas. Del resto de las Martinas de aquella prisión.

Buscó la paz escondida en sus rizos con las manos libres, ya, por primera vez, para mesarse el pelo. Todas eran niñas. Pequeñas inocentes a las que aislaban del dolor del resto de la reclusión. Al poco tiempo, cuando Martina ya no estuviera, se haría cargo de aquella escuelita María Teresa Sánchez Arbós —que fuera directora de la Institución Libre de Enseñanza— y que había sido compañera de la directora del penal, Carmen Castro (de heráldica Teresiana). Sólo pediría higiene y distancia para que las pequeñas pudiesen alfabetizarse. Que no las pillara desleídas y desletradas la salida al mundo exterior.

De momento, las menores estaban congregadas e incomunicadas. Incluida Martina, con sus pecas, su cabello rebelde y su alta anatomía. Con sus 22 recién cumplidos. ¿Error o premeditación?

Las menores, en años de juego y chanzas, inventaron una cancioncilla a propósito del buen «hotelito» en el que estaban alojadas: *En una sala de tamaño regular / mide seis metros de larga y cinco de ancha en total / algo mejor ventilada, limpia y clara, nada más / viven 36 reclusas / en franca comunidad / y dándole a Dios gracias / si no entra alguna más. / Pero... ¡no te asombres tanto! / lo que digo es verdad, / ¡de un escaso medio metro / disponemos cada cual! / Y ese trozo de terreno se tiene que habilitar / para comedor y alcoba / cocina y sala de estar.*

Con el tiempo, cada una de ellas se dividió como por esporas y al poco no se pudo evitar el hacinamiento. Los de fuera, los reclutadores de vidas civiles, trabajaban duro vendimiando de sus casas y escondites a mujeres y hombres. Tampoco le hacían ascos a las niñas. Al final, la higiene lo fue menos y la comida terminó siendo la misma que la del resto de la prisión.

Una sala para todas y todo para una misma sala.

De noche se desplegaban colchonetas —de lona; con rayas blancas y azules con esparto en las tripas— que, de día —desde las siete en punto de la mañana—, se amontonaban en las paredes como nefastos cuadros naife sin marco. Geografía, arte, caligrafía, historia domeñada, domesticada por los vencedores. Jornadas exhaustivas de reeducación presionados por la directora del centro y por la Iglesia. Aquello era un cotolengo que intentaba atraer al seno de la ortodoxia a aquellos pequeños monstruos infieles. Recuperarles para el nuevo orden social que les esperaba fuera.

A la hora de la comida, desayuno sin diamantes. Platos de aluminio. Agua del grifo y ración escasa de *lentejas de Negrín*, con un microcosmos interno de pajas, palos y bichos o «la paella valenciana»: cazo de arroz partido con gran gusto a pimentón, olor a humedad y gusanos vivos o muertos. Otra alternativa de menú consistía en volcar un saco de algarrobas con todas las chinas, palos... ¡Y a cocer! Todo era tan aleatorio que podía ser desayuno, comida o cena. A cualquier hora del día o la noche... Si es que aquel día tocaba comer. En ocasiones pan de moyuelo en la cena y, a veces, sólo a veces, un poco de malta caliente para empezar el día o una escasísima naranja por boca. En Nochebuena les premiaron con una patata. Pero eso no lo vería Martina. ¿Que huele mal la comida? —diría la Arbós—: os tapáis la nariz, que el paladar ni siente ni padece.

Hay que comerlo todo para estar vivas. Sobrevivir a este impasse... Cuatro centímetros y ya está dentro. La mejor enseñanza de la Arbós, que Martina no oiría.

(La cuestión alimenticia —proseguía la tonada— *es algo trascendental / a las siete, al ser de día, / dan orden de levantar / y de recoger las camas / o petates, que es igual. / Después a formar fila, / formaditas, sin hablar, / y a bajar por el rico almuerzo / rico moka-vegetal / un caldillo, ¡casi negro! / medio tibio y sin colar, / sin azúcar casi siempre, / que se agarra al paladar. / Pero algunos días*

falta, / ¡es triste de lamentar!, / ¡aunque malo, nos servía! / para el cuerpo calentar.)

Cada mañana y cada tarde había formación y recuento para cantar los tres himnos del movimiento con la mano derecha en saludo fascista. Una de las cuidadoras, Violeta, la *zapatitos* —también apodada la *chanclitos*—, se perdía si las contaba de dos en dos. Siempre le faltaba una; era el mejor momento del día: dos, cuatro, seis, ocho, nueve, diez, doce, trece... ¡Me faltan dos! —¿cómo impedir la risa de las pequeñas reclusas?—. Violeta, además de fea tenía un aditamento complementario en su fisonomía que la hacía ser objeto de chanza por aquella pandilla de quinceañeras hambrientas pero con un intacto sentido del humor: gastaba unos dientes de conejo que no le cabían dentro de la boca. Al hacer el recuento todas las menores imitaban su rumiante mueca de incisivos desparramados. Les exigían silencio pero no les impedían gesticular. Aquellas pequeñas cosas hacían menos dura la esclerosis de la reclusión. *La zapatitos*, más «mala que la carne de pescuezo», terminaba sancionando a alguna. También estaban Pilar —que era otra reclusa, pero con «cargo»—, Elena Pozas —mandanta—, Susana, *que se hacía la buena y era como un dolor de tripas*, Eloísa, *pasable*... Por último, M.ª Teresa Igual, funcionaria de carrera que había sido Teresiana y se ocupaba con idéntica devoción en arreglar la iglesia, así como en impartir los tiros de gracia a las fusiladas, si la ocasión lo requería.

En el mencionado recuento les hacían cantar el himno de los requetés que ellas alteraban por lo bajini... «*Por Dios, por la patria y el rey, murieron nuestros padres...*» Allí donde había rey ellas enfatizaban «*por Dios, por la pata de un buey...*» (risas y canto, risas y canto; malversado, alterado. Poca cosa para ser feliz. Una sola estrofa para garantizar la carcajada que alimentaba más que cualquier plato de lentejas).

El recuento de la noche era menos lúdico. Si se producía antes de las siete, había «saca». Las presas tenían un sexto sentido para intuirlo. Cuando iban a fusilar a alguna saca separaban a las condenadas a la caída de la tarde en la Galería de Penadas —eso sería más tarde, en tiempos de Martina iban directamente a Capilla—. Y de Capilla al paredón. De nuevo, triángulo de brezo. O isósceles. O escaleno. Periplo entre la muerte posible, la muerte segura y la muerte a secas.

El infierno de las horas.

El frenazo del camión que se llevaba a las penadas.

Las mujeres se revolvían inquietas.

Un rugido callado, la prisión.

(Como ocurriría en breve, se ha advertido desde el principio.)

Cuatro campanadas. Las cuatro. Pronto serían las cinco. Taurina e intempestiva manecilla aliada con la madrugada.

Toda la prisión pestañeó en silencio. Chirrido de puertas. Que se abren. Que se cierran. ¡Ya están aquí!

Venían a por ellas. A por las que fueran. Esposadas y al furgón.

Adiós silente de toda una prisión. Miles de pares de ojos con lágrimas de pájaro póstumo por las que se iban.

* * *

Un día, en Menores, Mari Carmen Vives —quien pasaría a ser *la bicho*— reposaba en la barandilla de la escalera. En ese preciso instante subía Pilar Bueno que se dirigía a ver a sus compañeras. Pilar no la vio pero la conciencia de la Vives no estaba tranquila y gritaba en su interior más que cualquier garganta entrenada. (Aquella aprendiz de palabras revolucionarias había delatado a toda la clandestinidad. Lo tenía fácil, ya que hacía de enlace entre los Tres Sectores... Aunque, de eso, las presas no estaban al corriente.) Mari Carmen Vives, movida por el ardor de sus remordimientos, creyó que Pilar no quería saludarla porque estaba al corriente de su delación. Y sucedió. A la Vives le dio un ataque de histeria, autoinculpándose ella sola, ante varias presas.

—Pilar no me habla porque fui yo quien os delató. ¡Fui yo! ¿Es por eso?

Ella y Conesa fueron dando *Besos de Judas* a todos los detenidos. Aquella autoinculpación a una pregunta no hecha pudo terminar en infortunio. Maruja Valiente en connivencia con otra presa, la cogieron por los hombros para arrastrarla hasta la azotea... De no entrar en el preciso instante una enfermera polaca, la hubieran despeñado por la terraza. Estaban dispuestas. A matarla. Desde entonces, en toda la prisión se le hizo el más áspero de los vacíos.

A Mari Carmen Vives. La que les vendió por un par de zapatos nuevos. Eso dijo ella. *Por un par de zapatos.*

Que viene *la bicho*. Que va *la bicho*; cuidado con *la bicho*. Que nadie se siente con *la bicho*.

Ella también fue la delatora de todas ellas, las que luego serían Trece.

* * *

«¡La escuadra inglesa viene por el Manzanares!», decía una. Pero Martina ni lo creía ni lo escuchaba ni le importaba siquiera.

Un ardor sintético le devoraba el alma cada vez que visitaba la galería de Madres. Estaban prohibidos los paseos entre los distintos corredores, pero las presas se movían por las dependencias de aquel lazareto con total impunidad. En aquella galería había mujeres con uno, dos y hasta tres hijos. Condenadas a muerte que esperaban su fatídico turno. Casi niñas, casi ancianas, casi no personas. Toda una gama de madres sosteniendo a criaturas en su regazo, en algún caso, ya muertas en el ardor de su frío pecho. Todas expectantes al menor ruido —*seré yo, Maestro*—. Podía ser cualquiera de ellas, toda la cárcel cabía en una inmensa *saca* que los responsables dividían en equitativas porciones humanas. Más tiempo; más dolor. La paulatina tortura de la espera.

París era una fiesta, pero no para los distintos departamentos de aquella cárcel. Martina no podía apartar de su mente a los niños que morían de hambre en aquella sala de torturas, aquella galería del horror. Tal vez nunca tuviera hijos pero había cuidado a decenas de ellos en el Comedor Social. Disentería, piojos, sarna, fiebres palúdicas. Heces con vómitos y vómitos con heces. Tuberculosis. Tiña. Falta de Agua. Ropa-mortaja. Destruidos, para siempre, del peor de los modos.

Aunque la puerta del sufrimiento no se cierra nunca, Martina encontró el modo de escapar al dolor. Fue que comenzó a tejer sin descanso, a afanarse sin tregua con el cuello saurio hincado sobre unas miniaturas de esparto, a las que daría forma definitiva con el paso de los días y las huidas. (Hacemos cosas para no hacer más cosas a pesar de que nadie espera nada de nosotros.) Se buscó a sí misma a través del cáñamo y encontró una depositaria para aquel caminar en potencia que suponían unas diminutas alpargatas de esparto: su sobrina Lolita, que estaba a punto de cumplir dos años. Linaje de su cintura que ya había emprendido la marcha hacia la esterilidad, y bien lo sabía. Única hija posible nacida del vientre contiguo de su cuñada. La heredera de los pájaros vieneses y caminante de un porvenir que pensaba mejor que aquél.

Hebra a hebra fue tapizando con rabia la suela que no existía, con el material robado del aula de costura. Un puñado de briznas al día; un manojo sustancial a la semana. Un ganchillo para incrustar bajo las atentas pupilas rotas de tanta lágrima, unas mariposas que salpicaran de aire fresco y ramas inaccesibles a su dueña.

Hacemos cosas para no hacer más cosas. Para no pensar lo que no nos conviene... Como por ejemplo que alguien se expresaría por nosotros, cincuenta años más tarde, dentro de un libro.

* * *

Maduras en la medida justa y generosas en la medida razonable, un grupo de voluntarias rogaron a la dirección hacerse cargo de los pequeños. La jefatura consintió habilitar un lugar al que llamarían enfermería de niños. Que les preservaría de una muerte segura. O no.

La fortaleza es directamente proporcional a la buena voluntad colectiva: cada reclusa optó por donar a aquella guardería infantil un trozo de su escaso pan, dos dedos de agua de su bote diario y la mitad del jabón que recibieran de las familias.

* * *

¿Me estáis escuchando?: ¡que os digo que la escuadra inglesa está entrando por el Manzanares! Y cantaban (como me cantó por lo bajini Concha Carretero, todavía intimidada por las orejas demasiado sutiles): *Somos la joven guardia que va forjando el porvenir, nos templó la miseria; sabremos templar o morir...* Ninguna se sentía vencida a pesar de todo. A pesar del hambre, la soledad, la infrahumana existencia, el alejamiento de los suyos. Su salvación pasaba por no perder su espíritu militante *(somos los hijos de Lenin, el comunismo ha de venir...).* Se creó un Comité Unitario integrado por distintos partidos en los que se debatían las cosas realmente importantes que afectaban a la intendencia de la prisión. La dirección vivía ajena a aquella militancia intramuros que a las reclusas les proporcionaba fortaleza, salvándoles de la lenta inmolación interna. Por eso sabían *que la Escuadra inglesa estaba entrando por el Manzanares.* Medio Madrid estaba preso; Madrid entero era una cárcel. Familias divididas en distintas prisiones. Debido a ello, los reclusos inventaron un sistema para «intercomunicarse», una gacelilla interna, un proto-intranet carcelario. Sacaban notas de sus cárceles cuando iban a las Salesas y allí se producía el intercambio de información que rotaba por todos los presidios. Una auténtica línea caliente entre los unos y las otras: cartas de amor, noticias de sacas, fusilamientos, castigos colectivos... Padres que sabían de hijos y novias que decían no olvidar jamás, jamás, a sus novios.

Lo de la escuadra inglesa llegó por esa vía y Martina lo escuchó con la sordina propia de las comidillas. Afanada en *su punto enano* de ganchillo —ni *doble* ni *pasado la hebra*; sino enano—, el más tupido, el más trabado, el que menos cundía. Preceptivo para definir mejor los dibujos, los adornos florales, los bodegones y los seres que vuelan como las mariposas. Hincar el ganchillo en el orificio, echar la hebra y sacar por encima. Punto a punto, lentamente. Con una altísima paciencia, descargaba su caníbal destino sobre aquel remedo hexagonal con base de esparto que ya tenía destinataria. Terca en cada movimiento de muñeca, delicada con el hilo de perlé de diferentes colores: azules, bermellones, amarillos, anaranjados. Un festival de tonos que no ensombrecían aquellas manos encallecidas y temblorosas. Hincar el ganchillo en el punto exacto, recorriendo el pequeño infinito de cada agujero, cruzar la hebra azulina y extraerlo por encima; una y otra vez, y otra vez más. Algo le decía que no debía cesar. No le sobraba el tiempo a Martina porque el eclipse total acechaba su nombre, casi rozándolo.

(Aunque siempre se tiene la esperanza de que aquello que está pasando no esté sucediendo, tú, lector, y yo, quien esto escribe, lo sabemos: que queda muy poco para el final. No es un libro de suspense. Todo el mundo sabe cómo acabará esta historia, por más que mis palabras dejen espacio a los acontecimientos. Como si pudiera alargar el final, eludirlo con metáforas, retener un poco más de tiempo a Martina ahora que la tengo delante, bordando sus alpargatas de esparto.

Pero es un hecho que dentro de poco estará muerta y no de una muerte lírica. Se desencadenará una atrocidad individual que tendrá magnitud de zarpazo contra la lógica. Antes de que ocurra, desearía caminar un tramo más de este camino, agarrada a su mano. Lo que yo vierta sobre estas páginas será lo último que nos quede de ella. Aunque mi cabeza se equivocara, las cartas están marcadas.)

* * *

Por primera vez en mucho tiempo, Martina iba a ver a su hermana en el día de visita para las Menores. Guardó su labor inconclusa, animal todavía sin alas, bajo el grosero petate e intentó vestirse de primavera desafiando el perímetro de invierno que reinaba en las galerías.

Cierto aire de fiesta pululaba en el ambiente aunque no todas tuvieran cita al otro lado de la celosía. En muchos casos el motivo era tener desperdigados a todos los miembros de una misma familia por distintas cárceles; con idénticas acusaciones filibusteras. A algunas de ellas se les permitía una tarjeta de doce renglones cada quince días... Cada ocho días, una vez. Una única ocasión, cada semana y un día.

Martina se peinó con pulcritud el sempiterno mechón con vida propia y pellizcó sus pómulos para dar buena impresión a Oliva. Diez minutos. Su hermana sólo le vería los hombros, de modo que cubrió su ropa ajada con un cuello de ganchillo tejido por ella misma con el inmaculado hilo de perlé, sobrante del cuerpo de la mariposa. Los seres que vuelan no necesitaban del blanco porque lo llevaban dentro.

Minuto uno.

—¿Cómo estás, Martina? Te veo más delgada...

—Bien, nenita. No te preocupes por mí. ¿Y papá y mamá?, ¿cómo lo llevan?

—Ya sabes cómo es papá, no dice nada... Y mamá, llorando a todas horas por los rincones.

Minuto dos. Tic-tac.

—Dime qué necesitas, que te lo consigo. Te he traído jabón que Manola ha sacado de estraperlo. Tres huevos cocidos (ya sabes, de baracalofi de las gallinas que he encontrado en las huertas...), una cebolla y un boniato.

—Aquí como bien, Oliva —mentía—. No necesito nada —siguió mintiendo al ritmo del implacable reloj—. Tú cuida de papá y mamá. Y cuídate tú también, que te estás quedando en los huesos. Llévatelo todo, aquí tenemos cuanto necesitamos.

Minuto tres. El metrónomo del tiempo seguía avanzando. Corriendo a una velocidad fiera.

—La verdad, Martina, es que tengo un nudo en la garganta. Después de tanto tiempo y tantas ganas de verte... No puedo casi hablar.

—Anda, dame la mano. Y cuéntame qué hacéis, cómo os las arregláis para comer.

—El huerto da para algo

Minuto cuatro.

—No demasiado pero sí para ir tirando. Patatas, cebollas y acelgas no faltan. Las cabras están confiscadas, no nos queda ni una, con lo cual la leche ni la olemos desde hace algún tiempo.

—Ya queda menos, Oliva. Dicen que la Guerra Mundial nos ayudará. Resistid. Tenéis que ser fuertes, porque queda muy poco.

Minuto cinco.

—Dile a mamá que no se le ocurra preocuparse por mí. Que estoy como en un hotel: a pensión completa...

(Se rieron a media voz las dos hermanas, mientras se acariciaban las yemas de los dedos, ligadas por un pegamento de alta resistencia.)

—... Y a ti voy a pedirte un favor: la próxima vez que vengas a verme, si te acuerdas, tráeme un ganchillo del número dos. El que tengo aquí es demasiado grueso para la labor que estoy haciendo.

—¡Cómo te las arreglas para estar trabajando hasta en la cárcel! ¿Qué labor es esa que estás haciendo?

—Es un nuevo transporte para volar... Pero hay que volverse muy pequeñito para subirse en él.

Minuto seis. Mientras las hermanas se miraban con vencimiento, una voz agarró de la axila a Martina y la retiró por la fuerza. ¡Terminó la visita! Oyó decir a la funcionaria. ¡Vamos; ha finalizado la comunicación! No habían completado los ocho minutos pero se habían reconocido a través de la reja de marquetería. Las yemas de los dedos se fueron desasiendo casi a cámara lenta, despidiéndose descalzas de palabras. Las miradas hablaban por ellas.

—¡Aguanta, Martina. Aguanta!

—Te quiero, Oliva. Dile a papá y a mamá que también los quiero. Y dale las gracias a Manola por el jabón.

Oliva ya estaba lejos; Martina aún más. Decidió borrar de inmediato a su hermana de la memoria. Absenta para el recuerdo. La evocación era sólo dolor, allí dentro. Recompuso los nervios, vació su mente y volvió a su actitud de fantasma. Silente. Como un lémur. Desenfundó las diminutas alpargatas a medio fabricar y se dispuso a velarlas con aquel ganchillo demasiado grueso y aquellos hilos alejados del blanco. Era su frágil compromiso con las cosas, la devoción silente por los detalles que hacían de una vida un territorio.

Mientras, sus compañeras de vuelta al Departamento abrían los paquetes familiares. Exiguos; a la medida del hambre de fuera: pocas aceitunas, medio arenque, algunas cebollas, un boniato... Todo era repartido en religiosa mancomunidad.

Buena hierba en mal lugar con Martina como paisaje de fondo con su cuerpo inclinado sobre la silla de esparto, afanada. Hincar, punto adelante, echar la hebra y sacar por encima...

A pesar del esfuerzo, Martina ya no volvió a salir de aquella mañana; de la conversación con Oliva.

XVI

El 1 de agosto fueron llevadas al Consejo, que duró dos días. Se juzgó a los chicos y a las chicas. José Pena Brea y 57 más. Todos con nombres y apellidos; todos desafinados por el miedo.

En las Salesas, el día 3 de agosto.

Hacía calor; mucho calor.

Martina sólo pensaba el sudor que perlaba su camisa blanca —que hacía mucho, una eternidad, hubiera lavado con polvos de azulina—, mientras reconocía amputada su capacidad para escuchar a aquellos jurisconsultos juripresentes, juriomniscientes.

Un juez que acudía el día antes de celebrarse el Consejo.

Condenas elaboradas de antemano. Fallos concluyentes e inapelables. Si el juez notificaba petición fiscal, todo estaba preparado: lista de abogados «defensores» voluntarios, adictos al Régimen que miraban por encima la acusación como quien lee un prospecto de vitaminas.

Aunque aquel día había mucho trabajo porque se trataba de un juicio masivo. Cincuenta y ocho de un golpe. Tres de agosto. Dos días antes de Nuestra Señora de las Nieves. Dos horas para condenarlos a todos fueron tiempo más que suficiente. ¿Está de acuerdo la acusada; el acusado? ¿Sí? Firme aquí. Si no sabe escribir, estampe su dedo como un sello.

Inculpados e inculpadas, ¿de qué?, ¿por qué?: *Trabajo clandestino en la reunificación de la JSU. Plena identificación con las doctrinas marxistas. Solidaridad con la causa roja. Delito de adhesión a la rebelión...* ¿Qué más daba? Cuando se necesitan excusas, todas son válidas.

Qué frío aquel día de agosto, entre aquella obstinación sin rumbo. Con la garganta seca de sed anciana escucharon todos y todas el veredicto único. Las paredes sin fe testimoniaron el dictamen y el entrechocar de los vestidos, unos contra otros, las lágrimas ásperas sin ruido y las manos que se acariciaban compasivamente bajo idéntico zumo de futuro. Simetría horizontal en la condena.

Martina se tocó el cuerpo por ver si todo estaba en su sitio —última fortaleza de la templanza— y comprobó que perdía el equilibrio. «Mi madre», «mi padre», «mi hermana», se dijo. Aleteó su mirada hacia el escaso cielo que veía por entre los ventanales y recordó su mariposa inconclusa. Tener una deuda con el tiempo le sentó bien. Era algo parecido a prolongar un poco más su vida. Rumbo a la lucidez que había estado a punto de perder, asió del brazo a su inmediata compañera para que no caducara su valentía y salió de la sala, guiada por cortos pasos, como de geisha, pero no por coquetería. Era dolor en abundancia lo que sentía. Lo que sentían todos. Pero ella tenía una tarea y un objeto al que dotar de espacio y una destinataria para aquellas zapatillas sin idioma; o con el dialecto de los seres que vuelan.

De aquel expediente de 58 hombres y mujeres con nombres y apellidos sólo una de ellas se libró de la pena de muerte. Julia Vellisca del Amo. Condenada a doce años y un día de reclusión, *por delito de auxilio a la rebelión sin circunstancias.*

* * *

Lo intuyeron sus compañeras con el radar propio del miedo: «las han condenado a todas». Eso fue después de venir de las Salesas. Las trece vienen con *La Pepa, que hoy estaba baratita.* Humor negro de supervivencia. Ni dos días tardarían en ajusticiarlas. Ya está advertido el lector de que morirían, que nadie se lleve a escándalo por no encontrar un final interactivo a la medida de sus deseos. La muerte es así, no tiene control ni dirección.

(Tomasa Cuevas recuerda aquella noche a Julita Conesa, alegre como un cascabel, a Blanquita Brisac tocando el armonio en la capilla y las incontables pecas de Martina.)

No hubo un esbozo de sonrisa, siquiera nerviosa, en el rostro de Martina aquella tarde. Al arrullo de una pequeña bombilla daba las últimas puntadas a su testamento hecho de hilos y esparto. Acabado el ganchillo que cubriría un diminuto empeine de niña y armada de la minuciosidad de un orfebre, se dedicaba de modo reflexivo a sellar la mariposa al cáñamo. Con el doble deseo de quien mata la espera y culmina una dote de bálsamo y veneno. En la frontera de la vida y lo que hay más allá. Sin improvisar ninguna esperanza inadecuada. Que la descubriera, quien tuviera que venir a llevársela, perseverando en el empeño de no silenciar ni abandonarse. Radiante, joven y huésped temeraria con hilos como balas. Con una aguja por fusil. Una idea encarnada bajo el ala de su mariposa, ya legada, ya aupada, que despuntaría su vuelo para siempre.

Había pasado la hora mojón. A pesar de que habían marcado las 12,30 en todos los relojes del mundo, tenía la sensación de que esa noche, su voz y su cuerpo tendrían espinas.

¿Nos habremos equivocado teniendo la razón?

Los pasos marciales. La luz; el reflector. Las mandantas pronunciando 3 nombres: Martina, Anita, Victoria. Abrazos, lloros, ronco silencio. Libro inútil como toda la ficción que se produce en el mundo. La muerte llega con cortos pasos y sólo puedes pronunciarla; las novelas no pueden soslayar la realidad.

Se encaminaron a capilla. Pero esto ya se ha dicho hace muchos capítulos. Como también se ha dicho que algunas ocuparon su última noche en redactar cartas a sus familias —como recordaría la enfermera socialista Mari Carmen Lacampre— «como aplicadas colegialas», hartas de nombrar el mundo y mestizas de rabia y miedo. Otras rezaban.

Algunas pedían comunión. Las menos, se confesaban (habían ideado un plan para conseguir redactar su última misiva sin tener que cumplir con el sacramento exigido: «tú te acusas de quitarme el pan porque tenías hambre y yo me acuso de lo mismo»). El cura se percató. «Tú eres sacerdote para siempre, según la orden de Melquisedeq», le habían dicho al capellán el día de su ordenación. Pero a estas alturas ya lo había olvidado. Sudoroso bajo una vida sin pasado e hipotecada su casulla para con un Régimen que habría de hacerle dudar, el hombrecillo afilado y grotesco sudaba su agosto particular intentando rememorar el origen del mundo a través de sus labios. Pretendía palabras de consuelo donde había connivencia con la ósea terquedad de los ejecutores. No tuvo ni media hemina de paz durante aquella prórroga de noche para con aquel pequeño rebaño a punto de ahogarse en la soledad de un vacío eterno.

No hubo visitas del exterior en aquella última jornada. Si alguna de las condenadas tenía familiares dentro del penal podían despedirse de ellas. La cita: en el mismo recinto-capilla, grande, donde ensayaban canciones sobre los acordes del piano que tocaba María Balaguer. Altar simple, cruz austera. Ventanillo en lo alto y suelo de terrazo.

Lloraba Encarna cuando entró en capilla y no dejó de hacerlo hasta que se fundieron en una única mujer. Síntoma de despedida. Martina y su cuñada se hermanaron en el abrazo más bruno y oscuro del mundo. Disipando lágrimas, ocultándose gemidos sin la pretensión de engañarse la una a la otra. Vuelve a casa y espera a Luis; regresará, ten confianza. Cuida a mis padres, cuida de Oliva, tan frágil. Despedida que fue poesía de voracidad. Tanto por decir con tan pocas palabras adiestradas. ¿A qué edad empezamos a sentir que la boca no responde a los dictados de nuestros deseos ni de nuestras necesidades? Martina tenía los labios llenos de te quieros que no había gastado con los pocos novios que llegó a tener... Y ahora se sentía incapaz de meterlos todos dentro de un saquito para que su familia se los repartiera como última voluntad.

En las cartas-testamento del resto de las niñas había besos, abrazos, lamentos y nomeolvides para sus padres, novios, hermanos... Cuánto amor en un ala sin futuro.

Las palabras le quemaban a Martina como un licor fogoso, por eso no dijo nada, y con los ojos lloviendo sollozos que no brotaban, le dijo a su cuñada sin decirle nada:

Tú y yo sabemos que no estaré más tarde. Desde esta flojedad quiero hacerte albacea de lo único que he sabido hacer, el único mensaje que soy capaz de dejar en herencia a los hijos que no me ha dado tiempo a parir. Todo se rompe al crecer pero he intentado que eso no le suceda a estas pequeñas alpargatas. Porque son capaces de volar, ¿sabes? Honran mis sueños y confío en que guíen los pasos del resto de las niñas Barroso. Cálzaselas a la pequeña Lolita, que dentro de unos días cumplirá dos años. Haz que pise el umbral de todos los rincones con estas zapatillas de mariposa de colores, con paganos matices. Que vuele, que vuele muy lejos con ellas, que se haga grande y sea el amor su empresa. Que cierre los ojos si es preciso, para no ver a toda esa gente que lloverá durante tantos años. Son rojas, verdes, amarillas y azules. Ya no son mías, dáselas a Lolita y pídele que las merezca. Ella también tendrá una hija que llevará un precioso nombre que tendrá alas... Como estas mariposas, graznidos contra lo vulnerable que he intentado dejar escrito en hilo para las mujeres de esta familia.

Sin haber dicho nada en el afán inútil de la despedida, Martina, con la garganta seca de tanto pensar y mirar, acertó a pronunciar en alto:

—Vete, Encarna. Estoy bien; estoy en paz. Te pido un último favor: no me olvides; no me olvidéis... No me olvidéis. Necesito seguir viviendo a través de quienes me recuerden.

Fue al amanecer. No a las dos de la mañana como se ha dicho sino a las ocho. En punto. Guapas, vestidas como para ir de boda, peinadas y con ropa prestada de otras reclusas se enfrentaron al aciago paseo. Martina amaba la vida como sólo la ama quien está a punto de perderla. Y supo que no quería morir, aunque estaba a punto de hacerlo. Buena hierba en mal lugar.

(De nada sirvieron las firmas que recogieron las madres de las Trece Rosas ni los suplicatorios que escribieron solicitando clemencia. Firmas estampadas en documentos que se enviarían el mismo 5 de agosto. Al excelentísimo Señor General Don Francisco Franco, Jefe del Estado español. Se adjuntó un pliego con las firmas que había recogido entre los vecinos. Dolores Conesa. Treinta y cinco firmas junto a una carta escrita por una madre. Encabezaba la súplica llamando Señor al destinatario. Imploró que no fuera cumplida la sentencia. Fatal; puntualizó. Si es verdad que contesta en tres días... Tal vez llegue a tiempo. No llegó a tiempo. De nada sirvieron las peticiones de clemencia.)

Aquella noche las presas las vieron atravesar el patio, de dos en dos. Amanecido el 5 de agosto del 39, Nuestra Señora de las Nieves en el calendario, salieron de capilla sin humillar la cabeza, con el corazón puesto en orden. A cada par de ellas les escoltaban tres guardias civiles. Subieron a los camiones. Todas con la cabeza alta. La frente sauria alzada, erguida. Algunas amagaban tonadas. Julita Conesa no paraba de cantar. El puño en alto y varios «¡viva la República!». Todas. Se defendían de las dictaduras de barro, con las palabras y las manos cerradas.

Miles de cabezas de alfiler apostadas tras los barrotes del penal lloraban y saludaban y se despedían y rezaban y se emborrachaban con dolor y no podían apartar la vista de aquellas Trece Rosas que acomodaban sus miembros sobre los vehículos descubiertos. Una jauría de cabezas dotadas de ojos hipnotizados por la incredulidad. No sucedería, no iba a pasar. Nadie moriría aquella noche. Esas Trece niñas, no. Menos que ninguna otra. La lluvia que no caía del cielo resbalaba por los barrotes con el chorro frío de la desesperanza.

... Hasta que perdieron de vista el camión con trece puños alzados que intentaban apretar la dignidad del momento.

Al cuarto de hora llegaron a las tapias del cementerio del este.

Caballo: escucha lo que ha de venir.
Perro de mil padres: escucha lo que está a punto de suceder.
Vuestras pequeñas y sensibles orejas os guiarán hacia el instante que vendrá dentro de cinco minutos...

(Pudiera haber dicho Federico, de no estar muerto.)

Trece niñas despiertan hacia el sueño de la muerte, ahora que la muerte ya es un hecho. Bajan temblorosas de los camiones, se atusan con inercia los vestidos, también los cabellos y limpian los restos de carmín que ha tiznado sus blancos dientes. Desnutridas, ya, de valor, se encaminan hacia un muro sin que nadie les pida que lo hagan. Perseguidas y sin culpa obedecen a las voces de los hechos consumados.

—¿Estoy guapa?

—Estás preciosa

—¿Se me ha corrido el rímel?

—Sólo un poco, apenas se nota.

—Que me encuentren bella. Dormida, pero bella.

—¿Os dais cuenta de que esto es el final?

—Sabemos hacia dónde vamos, no nos asustes. Tampoco nos reprendas.

—Respirad hondo. Será rápido

—¿Cómo lo sabes?

—Lo sé. Y basta.

—Pues yo he oído que a algunos los fusilan mal y eso es lo peor.

—¿Dolerá mucho?

Las trece en idéntica posición. Codo contra codo, brazo contra brazo, mirando a un paredón como única escena del mundo que se les apagaba. Algunas se dan la mano, como enamorados paseando una tarde de campo. Morir sólo da cierto espanto, más aún si el horizonte se reduce a un muro gris. O rojizo; o mezcla de ambos. Martina ya no distingue los colores porque se han terminado todos los hilos de bordar. Toda su ciencia colorista la abandonó en el momento en que terminó las zapatillas. Puede que sea gris, ocre, rojizo o negro. En realidad, mira sin poder ver. Está concentrada en un pequeño ombligo de la pared por el que salen diminutas hormigas en busca del sustento diario. Están vivas y las envidia por ello. Maquinalmente recuenta los diminutos insectos que salen del hormiguero: 1, 2, 3, 7, 12, 19, 23... Nada le apetecería más que poder contarlas todas, una eternidad contando hormigas como único oficio. Repasar números era el mejor de los bálsamos contra la histeria. Una de sus compañeras en el extremo derecho de la fila, casi la última, llora compulsivamente; 25, 29, 31... Ruidos a su espalda. Metálico sonido de tuberías que no respetan el silencio ni la respiración. Carabinas, bayonetas, ametralladoras, pistolas. Ruidos de fusiles para romper la calma que no tenían.

—¡Queréis guardar silencio y no romper la fila! ¡Todas quietas y calladas de una puta vez!, ¡so zorras!

Era la voz de un hombre o una mujer o un eunuco. ¡Qué más daba! Ninguna de ellas contestó; tampoco ninguna se había movido. El miedo es una región venenosa que paraliza los huesos. 37, 39, 40, 45... Atentas, enfocadas hacia el dolor que vendrá. Se produce el efecto dominó y ya son tres, o tal vez cuatro, las que lloran. Desordenada por los movimientos involuntarios de su cuerpo —casi espasmos—, Martina sigue con su recuento en lugar de intentar consolar a sus compañeras. 49, 50, 54... Se ha convertido en una boca con falta de recursos verbales. No puede hablar. «Dame lo que sabes», repite mentalmente a los ejecutores, aunque se le han terminado todas las palabras y sólo ella sabe lo que dice. No podía imaginar que el miedo lisiase tanto. Debían estar piando pájaros, los que fueran y como quiera que se llamaran. Desde luego nada sabía de plumas, pero sentía el idioma universal del cansancio. Inventario de muerte.

Respiración entrecortada. Ya no quedaban hormigas que rastrear. Con las manos apoyadas en el muro ocre, rojizo, grisáceo o marengo, sintió que había un pueblo de ladrillos esperando su caricia. Palpó con gusto la rugosidad de aquella piel de adobe. El día llegaba y nada tenía más que aquel tacto; debía aferrarse a él. No pensó en Oliva ni en Luis, Encarna, sus padres o el novio que no llegó a tener o, tal vez, tuvo. Sólo podía pensar en quedarse quieta, empaparse de los trinos que no oía y acariciar los ladrillos como si fueran satén. En los últimos minutos de vida.

Esto no es el final. Habrá heridas anunciadas que parecerán muerte. De hecho, moriremos. Pero esto no es el final. Porque hay rutas para sobrevivir a pesar de los asesinos que te llaman por tu nombre.

Muero —pensó Martina—, pero ¿tal vez nazca?

A los tres minutos exactos toda la cárcel era un único tímpano. Ráfaga de ametralladoras desde el Cementerio del Este. Qué fría la condición del muro. Y luego, montones de ráfaga que supieron alcanzar su objetivo.

Uno, Carmen Barrero.
Dos, Blanca Brisac.
Tres, Pilar Bueno.
Cuatro, Julia Conesa.
Cinco, Avelina García.
Seis, Elena Gil.
Siete, Virtudes González.
Ocho, Joaquina López.
Nueve, Ana López.
Diez, Dionisia Manzanero.
Once, Victoria Muñoz.
Doce, Luisa Rodríguez de la Fuente.
Trece, Martina Barroso.

Con estridencia, cada bala encontró un cuerpo; cada mujer su despedida, mientras se mezclaba el ruido del amanecer con el aroma a tomillo y laurel de las huertas colindantes. Tal vez fuera un hisopo invisible con el único afán de bendecir aquel montón de miembros maltratados por la metralla.

Los cuerpos formaron una macabra alfombra de niñas dormidas, recostadas las unas sobre las otras. Los ojos cerrados, destartalado el cuerpo, mutilada la vida... Abandonada y rota la voz, para siempre.

(Hablo desde el vértice de este folio, mientras cierro

los ojos acribillados de lágrimas para retratar el instante y sentir el olor a sangre quemada.)

—¿Y a mí?; ¿nadie va a matarme a mí?

La voz de Blanca —la que tan bien tocara el armonio y que tenía un hijo al que no volvería a ver— se erguía sobre esa convalecencia que significa estar herida de muerte entre doce cadáveres. Manchada, despeinada, sucia de musgo y barro y resina —y tal vez de hormigas aplastadas que unos minutos antes enumerara Martina— por haberse caído y vuelto a levantar.

—¿Es que no me oyen? ¡Quieren matarme de una vez!

Esta vez no hubo torpeza en el fusilamiento; si la hubo, nadie hay para confirmarla. Blanca, gracias a la costumbre de las muchas balas derrochadas, pudo tener su muerte a tiempo. Con una pequeña demora respecto a sus amigas, pero, al fin, cayó junto a ellas. Y se hizo muñeca zonza a su lado. Quiero pensar que sucedió como yo deseo que sucediera: balas perdidas que alcanzan doce vidas, que luego son una más; restos de trece mujeres por todo el mundo, que era el suelo de la tapia. Deseo pensar que todo fue rápido, la transición por el indefectible «carguen, apunten, fuego»... Hasta que se cerraron todos los pares de ojos.

El ángulo formado entre el muro gris —ocre, ceniciento, hoy pintado de blanco— y la esbelta tierra se tiñó de hilos de color rojo que nadie utilizaría para tejer zapatillas de esparto, ni cosa alguna.

Trece muertas y presentes... *¿Serían examinadas en el amor?*

El protocolo del tiro de gracia, el remate certero, corría a cargo de la Teresiana, experta en gracias y tiros. Con pulso preciso y la obstinación propia del asco y el cilicio, buscó una a una las trece nucas, se posicionó sin remordimientos sobre ellas y, alargando el brazo como quien amenaza, sin tragar saliva o pestañear, no dejó frente sin el arbitrario obsequio. Orificio con entrada y salida.

Cincuenta y seis muertos aquella madrugada, que ya no lo era. Los chicos primero. Las Trece Rosas después.

A las ocho de la mañana.

La mujer que un día llevara hábito regresó ensangrentada al penal, ufana en desflorar flores rojas.

Trece vidas fugaces traía la Teresiana bajo el brazo y sobre la pechera salpicada. Incansable en el desencanto, se cambió de ropa y se echó a reposar el insomnio de su nocturna tarea.

Un dolor ingrávido, dotado de una masa atómica letal, recorrió los pabellones del recinto escarchando a todas las mujeres encarceladas. Salivas sin voz bisbiseaban lo ocurrido con la intención de dejar constancia al aire de aquel crimen. Impune. Nadie pudo conciliar el sueño durante días.

Nadie, excepto la Teresiana.

XVII

PALOMA, 2004

Antonia Torres Llera se libró de ser la *rosa* número catorce por un error en la lectura de su nombre y segundo apellido. En el expediente figuraba como Antonio Torres Yera. Cuando «volvió a ser mujer» y recuperar la «elle» del apellido materno, sólo sobrevivió a sus compañeras unos meses. Fue fusilada en la misma tapia del mismo cementerio, el 19 de febrero de 1940. En lo más profundo de mi corazón, para mí sigue siendo una *rosa* más.

La número catorce.

Las condenas a muerte y su posterior ejecución fueron la represalia por el atentado —el 29 de julio del 39— del comandante de la Guardia Civil Isaac Gabaldón, encargado de los archivos de la masonería y el comunismo. Les *cargaron su muerte en las costillas.*

Leo casi textualmente en el libro de Secundino Serrano, «Maquis», mientras asimilo: «en la carretera de Extremadura, poco antes de llegar a Talavera de la Reina, su coche fue tiroteado por tres individuos disfrazados de militares. Murió el comandante, su hija de siete años y el chófer. Aunque fueron culpados el Maquis, y la JSU, según Benito Díaz, experto en la resistencia toledana, asegura que todos los indicios apuntan a que el asesinato fue obra de los propios servicios de inteligencia del Ejército. Primero, porque no se tenían noticias en la comarca de huidos con capacidad para planificar y ejecutar un atentado de tamañas características. Segundo, Gabaldón disponía de información sobre los militares masones que apoyaban a Franco y había expresado públicamente su disposición a hacerlos públicos. Hay otra serie de situaciones estrambóticas que rodean esta muerte: el ayudante del comandante de la Guardia Civil fue asesinado al día siguiente por su novia. Otra rara circunstancia que convierte, el asesinato de Gabaldón, en uno de los enigmas de la posguerra». El hecho es que, sin pruebas de ningún tipo —o indicios racionales—, 56 personas *(por cada uno de los nuestros, mataremos a veinte de los vuestros)* fueron ejecutadas y varios cientos detenidas.

Pero ellas, la trece, ya estaban en Ventas cuando lo de Gabaldón. Juzgadas y condenadas por militancia en la JSU.

La febril redacción de instancias que fueron entregadas al capellán durmieron el sueño de los justos en la mesa de la directora, Carmen Castro, la Teresiana largamente presentada en este libro. Jamás las cursó.

(Nunca existió en el sumario tal indulto. Hoy lo sabemos. Con fecha posterior al fusilamiento de los encartados —aseguran Mirta Núñez y Antonio Rojas—, llegó un formulario fechado en Burgos a 13 de agosto de 1939, con el «enterado» de Franco firmado, como era habitual, por el asesor, con el sello de «Cuartel General

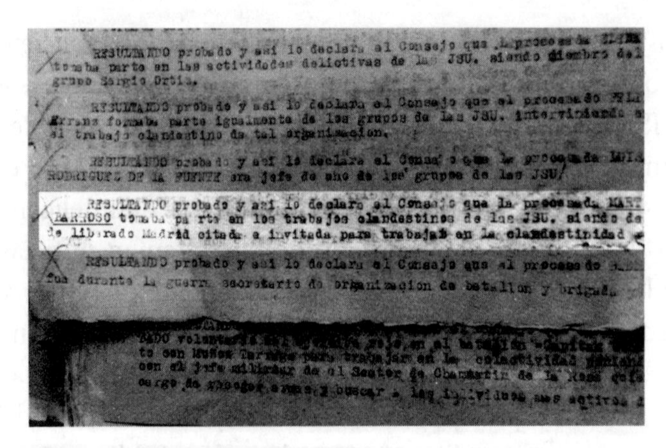

RESULTANDO probado y así lo declara el Consejo que la procesada [illegible] tomaba parte en las actividades delictivas de las JSU. siendo miembro del grupo Sergio Ortiz.

RESULTANDO probado y así lo declara el Consejo que el procesado [illegible] formaba parte igualmente de los grupos de las JSU. interviniendo en el trabajo clandestino de tal organizacion.

RESULTANDO probado y así lo declara el Consejo que la procesada LUISA RODRIGUEZ DE LA FUENTE era jefe de uno de los grupos de las JSU.

RESULTANDO probado y así lo declara el Consejo que la procesada MART[illegible] BARROSO tomaba parte en los trabajos clandestinos de las JSU. siendo de[illegible] de liberado Madrid citada e invitada para trabajar en la clandestinidad [illegible]

RESULTANDO probado y así lo declara el Consejo que el procesado [illegible] fue durante la guerra secretario de organizacion de batallon y brigada.

[illegible] voluntario [illegible] en el batallon [illegible] to con [illegible] para trabajar en la colectividad [illegible] con el jefe [illegible] del Sector de Chamartin de la [illegible] cargo de [illegible] buscar a los individuos mas activos [illegible]

Sentencia de Martina con resolución de muerte por delito de adhesión a la rebelión, fechada el 3 de agosto de 1939.

de S. E. Generalísimo». El visto bueno llegó *a posteriori* de las ejecuciones.)

El mecanismo de ejecución era rápido. Las Auditorías de Guerra se limitaban a confirmarlas —hasta el año 40 no se revisaron las decisiones del Consejo de Guerra.

El último requisito antes de la ejecución pasaba por Franco. A la hora del café, el Jefe de Estado (el *generalito*, como lo llamaban en África) anotaba en los expedientes presentados por Lorenzo Martínez Fuste las palabras definitivas: *enterado, conmutado o garrote y prensa.*

XVIII

5 de agosto del 39, pocas horas después de la ejecución.

Durante unas horas creyeron en el indulto. La familia Barroso imaginaba que el generalísimo, el dinosaurio sanguinario del que tanto renegaban, habría estampado su firma y, con ello, librado de la ejecución a Martina y a sus doce compañeras. Empujada por esa convicción, Oliva anduvo con paso de vértigo los siete kilómetros que separaban su casa de la cárcel. Con muda limpia y algo de comida para su hermana. Con la ansiedad como veneno mineral.

Una firma. Era así como se podían haber salvado trece vidas. Cincuenta y siete vidas. ¿A partir de qué edad alguien se convierte en un cabrón?

—Vengo a comunicar con mi hermana y a traerle ropa limpia

—¿Familiar de quién?

—De Martina Barroso

—A ésa ya nos la hemos cargado. Donde se la han llevado ya no necesita nada.

Felices los felices. Ella no podría serlo nunca más.

Gracias a la costumbre del ocultamiento, ni una lágrima. Ni una sola.

—Quiero ver su cadáver. Necesito despedirme de ella.

Oliva subió su cuerpo a un camión, que la conducía, junto con las lágrimas que aún no había derramado, hacia el cementerio del Este. Posiblemente el mismo que transportó las últimas horas de su hermana con el puño en alto hacia las tapias donde recontaría hormigas... Y perdería la vida. Ambas eran mujeres de lluvia en una realidad sin coartadas.

Ponle una rosa y continuará su nombre, prolongaré de esa forma su vida... Se repetía Oliva, escoltada por dos rostros pétreos con fusiles máuser. Alguien debía reconocer el cadáver, lo que quedaba de Martina, su último brindis desparramado por el suelo. Debía enterarse de cómo era el procedimiento de identificación para reclamar el cadáver y llorarla a solas. Con los suyos.

La vida es un proceso de selección en el que uno se va desasiendo de cosas. Aquella mañana Oliva perdería definitivamente su juventud... Y lo que le restaba de vida. Lo que iba a hacer estaba a la orden del día, pero esta vez no le sucedía a otros, le ocurría a ella.

Lo primero que divisó fue una cumbre de cuerpos amontonados sobre más cuerpos, destruidos y destituidos de dignidad. Despreocupados de la vida, apilados de cualquier modo. Pensó sin hacerlo palabras que la destrucción nunca puede ser hermosa.

—¿Qué haces aquí?

—Acaban de comunicarme que han fusilado a mi hermana y vengo a reconocer el cadáver

—Pues agárrate el estómago. ¿Quién era?

—Se llama Martina Barroso García y la han ajusticiado hace unas horas junto a doce compañeras.

Ajeno a la mirada verde de Oliva, aquel hombre revolvió entre los muertos como quien revuelve los garbanzos con la mano. Aséptica e indoloramente. De una montaña de mujeres, como un cementerio de coches abandonados o naipes apilados, brotó un rizo. Acaso de la adelfa blanca que había sido Martina...

(Contener la mirada era ya un acto de heroísmo. Pero la esperanza de que Martina no estuviera allí bastó para no cambiar la dirección de sus ojos... Oliva sabía que creer era lo más fácil, pero tenía esperanza de que lo que estaba pasando no estuviera pasando.)

Un solo rizo fue suficiente; un zarpazo al corazón. Agudo como el líquido agudo.

—Creo que...

—*Creí que, dude que y pense que, amigos del burreque*... Aclárate jovencita, que no tengo todo el día.

(Hermana mía, mira mi boca que no te sana. Que sólo confirma lo que otros ya saben.)

—Estoy segura. Mi hermana es ésa.

Quiso darle una orden a su dedo índice, cuando su carne reconoció la carne de su hermana, pero éste se resistió a responder. Deseó señalar con un «mi» de posesión el cuerpo-motivo, razón de su visita a aquel lugar de espuelas, pero estaba entumecida.

—¿Ésa? ¿Cuál de ellas? ¿Tú sabes el cerro de cadáveres que hay ahí? Haz el favor de ser más clara o terminamos con este asunto por la vía rápida.

—Una, dos, tres... La cuarta empezando por abajo —balbució la voz de Oliva.

Manos, pies y ojos. Faldas, blusas y medias. Pechos con piernas. Lana con pelos. Labios sin impaciencia, uñas errantes. Todo, que ya era nada, amalgamado con la tierra que ya era muerte. Habían sido primavera hasta no hacía más de dos horas y ya eran lo más duro del crudo invierno. Ojos cerrados de cuero café. Perpleja, vio cómo aquel funcionario de la oficina del despojo tiraba de un pie, para terminar sustrayendo una pierna; el cuerpo al fin —¿a qué precio?—. Ensangrentado y con una flor en la nuca. El tiro de gracia.

(No es verdad. No es verdad. No está muerta. Son sólo palabras. ¿Qué es morir? Digo muerte y eso basta para no poder volver a hablar con Martina... Abrazarla... Caminar juntas hacia el trabajo...)

El funcionario de muertes la mira. El hombre vago, asalariado en fosas, la increpa para que diga algo. Pero Oliva sabe que si dice las palabras nefastas, si confiesa, si lo verbaliza, conseguirá hacerlo real. Y ella no quiere quedarse sin hermana. La soledad es un lugar vacío... Más aún si no está Martina.

El hombre vago tira la colilla al suelo, da dos pasos hacia delante y aventando el rostro de Oliva con su aliento a cebolla, la sacude por los hombros mientras grita:

—Oye, chata, no dispongo de todo el día. Si tú tienes tiempo para holgazanear, yo tengo unos deberes que cumplir. Me dices si es tu hermana, de una puta vez... ¿O te ha comido la lengua el gato?

Con la boca de una niña azul que regresa al vientre de su madre, donde quiere esconderse para siempre, llora. No quería llorar, pero termina haciéndolo. Y entre hipos y sollozo grita:

—Sí. La reconozco. ¡Es mi hermana Martinaaaaaaa!

—¿Ves, mona, cómo no ha sido tan difícil? Pues, hale, ya estás tardando en irte.

—¿No nos dan su cuerpo para que podamos darle sepultura?

—Ahora aviso al chófer para que os lleve. Pero tú ¿en qué mundo vives, guapa...?

—Ya ha pagado la pena de la que le acusaban. Está muerta... ¿Qué puede importarle que nos la llevemos para enterrarla?

—Para qué te crees que estoy aquí. En menos de dos horas, todas estas perras están criando malvas, juntitas.

(No es que Oliva fuese fuerte y aguantase la mirada del hombre vago, experto en entierros comunales, es que el cuerpo se negaba a obedecerla.)

—Mira, morenita, te lo digo por última vez: vete de aquí si no quieres terminar como la zorra de tu hermana... ¡Venga!, ¡aire! ¿A qué esperas? ¡Fuera!

No me olvidéis, gritaba, también, el cadáver de Martina mientras Oliva se alejaba de ella para siempre. De sus ojos de licor cerrado, del filo de sus labios impacientes, de su cuello de pentagrama, de sus venas incendiadas... De su rizo, al fin manso sobre su frente.

Nada quedaría de su hermana. Sólo el recuerdo, la parte derecha de su cama vacía, la ausencia de su risa, sus zapatos como cadáveres bajo la coqueta del cuarto compartido, el *no me olvidéis* que le había rogado a Encarna... Las pequeñas alpargatas infantiles con las que andar sobre un mundo mejor.

Es sólo una historia. Una de muchas. Una de tantas.

Pero es la mía.

Sin tumba.

Aunque supongo que Martina se alegra de que no pese una lápida sobre ella. ¿A quién puede hacerle ilusión que vayan a visitarle a un sepulcro?

Manola quiso reclamar el cadáver «porque ya se habían vengado bastante». María Antonia le rogó que no lo hiciera, porque «quedaba uno» —quedaba Marcos— con vida.

El mismo Marcos que acabó con el orujo de todo Chamartín de la Rosa y perdió su empleo en el Tinte Moderno. «Tengo un hermano que me vengará», repetía remedando las últimas palabras de Martina, mientras los serenos le empujaban hacia la boca de los portales para que nadie pudiera oírle... «y ese hermano soy yo; la vengaré, la vengaré... Os juro que la vengaré», repetía asperjado por la impotencia. Cada noche un amigo tabernero escoltaba su vuelta a casa impidiendo que le metiera en problemas su alarmar guerrero. Era un hombre de los que llueven. Desmesuradamente.

María Antonia enfermó del corazón y sufrió una embolia de la que no se repuso hasta su muerte. Manola tiró del carro familiar, evocó la nieve muda y continuó viva muy a su pesar, aunque sin abandonar nunca la fluorescencia de sus conventículos con los muertos. Habló poco y silenció demasiado.

Oliva atravesó la frontera de la cordura y selló sus labios para siempre. No encontró ni el amor ni el equilibrio, a pesar de casarse y parir una hija. Tras la separación del hombre al que nunca amó, las autoridades le negaron la custodia de su niña por considerarla incapacitada para cuidarla. Malos tiempos para ser tachada de roja y atea. Según la opinión vinculante del sacerdote que fue llamado a declarar por el Tribunal, aquella mujer no podía ser capaz de educar a una criatura en el seno de la Iglesia católica. Vio crecer a su hija, una hora a la semana durante toda la infancia. Ninguna de ellas se mencionaba ni se nombraba. Varios y atronadores fueron los intentos de suicidio, ya que mucho le pesaba la vida a Oliva. Escribía con letras de humo y alargada letra aprendida en las adoratrices —las altas muy altas y las bajas muy rectas— cartas testamento en las que se despedía de Lolita, su hija imaginaria. «Que no culpen a nadie de mi muerte, que me voy por propia voluntad. No puedo con todos los amaneceres que me restan.»

Oliva fue un hisopo hasta un final que fue muy distante del de Martina. Su muerte, como una ventisca, le sobrevino en una cama de hospital a una edad avanzada, desbordada de días sin ningún interés. Su sobrina, la pequeña Lolita, ya mujer y madre, le pidió que la esperara para morirse. No lo hagas sola, tía. Me marcho dos horas y a las cinco estoy aquí. No te vayas sin mí, ¿me lo prometes? A las cinco menos cinco, Lolita atravesaba el umbral de la habitación para acompañar a su tía hacia las cerraduras de la muerte. He venido y tú has cumplido tu palabra. Se miraron sin coartadas. Se apretaron las manos. A las cinco en punto, Oliva aflojó los cinco dedos que apresaban la palma de su sobrina y emprendió su ansiada huida hacia el vacío.

Hoy, sólo Loli tiene memoria del ayer, pero recordar le cuesta tanto, que sólo llora si se remonta a los umbilicales dominios del pasado.

Aquí me tienes, Martina, con este legado por historia sumado a las zapatillas de esparto con una mariposa bordada en el centro que acaricio aturdida. Y una foto —timbrada en calle Tetuán, número 20— que me mira.

Me mira. Y no cesa de mirarme.

Sé que custodias mis pasos, bien sea con sus zapatillas o sin ellas.

Y yo aún te pregunto: tía, ¿cómo se asume ser víctima? La vida no hace distinciones, ¿verdad?; nos vence a todos. Aunque no es mal momento para que te cuente que no sólo a ti te quitaron la vida. A los demás, a los que quedaron, se la robaron. Oliva no conoció la felicidad, Manola jamás se quitó la rabia de animal herido —por eso supuraba hacia adentro— y Marcos, de bar en bar y de plaza en plaza, contando a quien quisiera escucharle que «le habían matado a su niña» unos asesinos cabrones. ¿Cómo puedo conciliar todo este dolor? ¿Hay perdón sin olvido?

Yo que no te conocí, sólo he podido cerrar los ojos para seguir tu rastro. Durante más de diez años convencí a mi cuñada para que escribiera tu historia. Intentaba que tu vida traspasara el umbral del siglo que te vio nacer en un desesperado intento de mantenerte con vida. Darte nuevas oportunidades y que tu voz siguiera teniendo cosas que contar. Necesitaba tenerte cerca e imaginar lo que nunca me fue revelado. Indagar, leer, seguir tu rastro, porque intuyo que el olvido es un lugar tan frío e improductivo, que quería sacarte de allí.

Ahora que leo las últimas líneas me pregunto si no habrá terminado mi tarea. Si, con mi denodado empeño, todos mis esfuerzos concentrados día y noche en esta empresa te habrán redimido del olvido.

Anoche soñé contigo. Tu media melena y tus grandes ojos se asomaron al balcón de mi cama para preguntarme, con voz serena, *qué era lo que estábamos contando de ti.*

La verdad, tía. Sólo la verdad. Nos hemos peleado mi cuñada y yo en decenas de ocasiones sobre el adjetivo oportuno, hemos roto kilos de papeles hasta dar con el tono exacto y, aun así, dudamos. ¿Habremos conseguido el propósito que nos empujó durante aquella comida andorrana en la Farga del Valira?

No puedes contestarme pero tengo tranquila la conciencia. Respiro profundamente, se me cae una lágrima y pienso. Pienso en ti. Pienso por ti; sé que te gustaría. No somos tan distintas, ambas somos Barroso y la genética da muchas pistas.

Me observas de nuevo desde la foto.

Y se me empaña el futuro... ¿Qué haré, ahora que estás dentro de mi vida sin remedio?

Llueve... Siento que mi vida se ha convertido en un país de lluvia.

... Que me impide olvidarte.

... En el fondo misterioso de mi pensamiento
Tú subsistes,
mucho antes que la imaginación en mi conciencia...

HUSAYN MANSSÛR HALLÂDJ

CODA

Agua verde verde...
Cielo de peces azules.
¡Que han muerto las estrellas!
Rosas encapulladas entre los blancos tules
del alba. ¡Blancor de alma de doncellas!
Ay, agua verde verde...

Al suelo han caído las estrellas
trece estrellas rojas
azules y amarillas
y la tierra se cubre de azucenas por ellas
de blancas rosas y de campanillas
¡Que han muerto las estrellas!
Ay, agua verde verde...
Trece estrellas han muerto
trece vestales
del Templo de la libertad
Vírgenes
que en blanco cortejo, sin lanzar un grito
en brazos de la muerte van hacia el infinito
Ay, agua verde, verde
que corres silenciosa entre líquenes

y fecundas los campos y el huerto
con esencias eternales...

Verdor primaveral
Verde de pureza
gracia y belleza,
Trece Rosas han tronchado del eterno rosal
¡Ay, agua verde, verde
Diosa de la Naturaleza!

(Poema escrito, desde una celda de la cárcel de Ventas, por la presa Rafita Díaz, pocas horas después del fusilamiento de las Trece Rosas.)

* * *

No puedo, no debo, olvidar hacer recuento de los nombres del resto de los fusilados de aquel fatídico 5 de agosto de 1939. Incluidos en la misma «saca» que las Trece Rosas. Ajusticiados antes que las chicas. Ejecutados contra la misma tapia del cementerio del Este. Cada uno de ellos merece una historia propia, llena de aspiraciones truncadas. Una vida por descifrar. Recito sus nombres con la única intención de que no queden en el olvido:

Joaquín Álvaro Blanco
Felipe Arranz Martínez
Delfín Azcuaga Yonte
Federico Bascuñana Sánchez
David Bedmar Arcas
Enrique Bustamante Sánchez
Vicente Criado Pérez
Máximo de Diego de Diego
Esteban Dodignon Gómez

Adolfo Domínguez Palazuelos
Jorge Escribano Rilova
Celedonio Fernández Galán
Francisco Fernández González
Ramón Fernández Peña de Secade
Antonio Fuertes-Moreno Peñuelas
Enrique García Mazas
Ignacio González Hernández
Pascual González Pérez
José Gutiérrez González
Isidro Fernández de la Fuente
Adolfo Latorre Toledo
Pedro Lillo Carballo
Carlos López González
Fernando López González
Antonio López del Pozo
Domingo Cándido Luengo Fernández
Vicente Martín Acirón
Julio Martínez Pérez
Francisco Montilla Torres
Rubén Muñoz Arconada
Rafael Muñoz Coutado
Luis Nieto Arroyo
Francisco Nieto Vaqueriza
Gil Nogueira Martín
Valentín Ollero Paredes
José Pena Brea
Román Prieto Martín
Severino Rodríguez Preciado
Enrique Sánchez Pérez
Luis Sanabria Muñoz
Gregorio Sandoval García
Francisco Sotelo Luna
Manuel González Pérez

MARI CARMEN CUESTA, *LA PEQUE*, SUPERVIVIENTE DEL DEPARTAMENTO DE MENORES, EN LA CÁRCEL DE VENTAS

Mi detención se produjo el 14 de mayo de 1939. Aproximadamente a las tres de la madrugada. Un destacamento de policía con Aurelio Fernández Fontenla a la cabeza, Emilio Gaspar (Conesa), y una jovencísima M. V. S., se presentaron en el domicilio de mis padres, en Jorge Juan, n.º 76.

En la casa familiar nos encontrábamos mis abuelos, mi hermana de 18 años y yo. Durante una hora, más o menos, tuvieron una larga «charla» con los porteros, éstos les dieron información sobre las actividades de toda la familia durante la guerra. Transcurrido ese tiempo entraron en casa, nos mandaron vestir delante de ellos y nos subieron a un coche.

El desplazamiento fue rápido, puesto que la Jefatura de Policía Urbana se encontraba en mi misma calle. En el número 5. El lugar era un edificio normal, de no sé cuántos pisos. A uno de ellos nos condujeron. Nos pasaron a una especie de despacho y transcurrido un tiempo comenzaron los interrogatorios.

Yo tenía conocimiento de que Casado había entregado los archivos del Comité Provincial de la JSU y, por lo tanto, no intenté negar mi militancia aunque sí traté de matizarles que mi hermana no había militado en ningún partido político. Insistí en que, durante toda la guerra, había trabajado como enfermera titular en el Hospital del Niño Jesús. Recibí unas cuantas bofetadas y luego nos llevaron a una habitación muy oscura, donde, al entrar, no logramos ver qué había dentro. Cerraron la puerta con cerrojo y alguien comenzó a reír. Al momento reconocí a mi entrañable amiga y compañera Virtudes González, quien contagió a las demás muchachas que conocí en ese momento.

En los primeros días se sucedían los interrogatorios de manera intermitente: cada cuarto de hora, durante el día y la noche, de tal manera que no pudiéramos dormir, y con el único fin (pensábamos nosotras) de minar nuestra resistencia. Llevábamos varios días en aquel horroroso lugar cuando comenzamos a oír gritos, lamentos y lloros que venían de los pisos superiores. A partir de ese momento ya no nos quedó la menor duda de que los torturadores lo hacían con la intención de que fueran escuchados por las detenidas de otros pisos, y no miento si afirmo que nos pusimos a temblar.

Un día que el comisario Fontenla llegó con «Tonelete», dio orden de que nos cortaran el pelo al cero, excepto a unas cuantas (seguramente porque no les daba tiempo a raparnos a todas), entre las que me encontraba yo. Lo repugnante de este comisario es que, a las que habían cortado el pelo, les decía gritando a pleno pulmón: «¿Quién ha pelado a éstas?»

Ocho días después, a mi hermana la mandaron a casa, y quince días más tarde, todas nosotras ingresamos en Ventas.

Cuando entramos en la prisión, mis compañeras se pusieron a reír como tontas, haciendo comentarios en clara alusión a sus «mondas» cabezas. Yo me desmoroné. Cuando traspasé el portón y sentí el chirrido de los grandes cerrojos tomé conciencia de que en ese momento entraba en el «*Castillo de irás y no volverás*». Comencé a llorar como un torrente. No paraban de brotar mis lágrimas. Aquellas salas y pasillos estaban llenos de mujeres durmiendo en el suelo, apenas cubiertas con una manta; tropezaba con ellas, me caía y lloraba más y más. Me decían: «*¡Compañera ten cuidado!*», y más fuerte era mi llanto. Virtudes y las demás intentaron calmarme, hasta que lograron tranquilizarme y dormí en el frío suelo sin manta alguna.

A la mañana siguiente fuimos distribuidas: a las mayores se las llevaron a las galerías, salas y celdas; a nosotras, las menores, se nos reservaba un «privilegio»: *la Escuela de Santa María.* Esta academia era una sala grande, amplia, donde íbamos a convivir las menores con dos reclusas como profesoras, doña María Sánchez Argos, de la Institución Libre de Enseñanza, y doña Rafaela (magníficas mujeres, ambas), a la que cariñosamente llamábamos «Rafaelita». No podía faltar una oficial de prisiones, Violeta, a la que apodábamos «Zapatitos». Aquí viviríamos nuestro confinamiento, ya que no podíamos mantener contacto con el resto de la población reclusa ni ver a nuestros familiares. Vivíamos única y exclusivamente nosotras mismas. De modo endogámico.

La tragedia no la suponíamos tan grande puesto que nos valíamos de mil argucias para «escaparnos». También recibíamos castigos; los soportábamos bien. Violeta había instalado una mesa en el centro de la sala para estudiar, lo que nos ocupaba una gran parte del día.

En este departamento de menores vivieron tres de las «TRECE ROSAS»: Anita, Martina y Victoria.

Virtudes algunas veces pedía permiso y la dejaban estar conmigo un rato en la terraza. Media hora de paz.

Así estaban las cosas en la cárcel de Ventas y Departamento de Menores cuando se produjo el atentado a Gabaldón; entonces, decenas de jóvenes que estaban en prisión desde meses antes del hecho por colaborar en tareas de solidaridad fueron culpados de aquel asesinato. El 3 de agosto de 1939 se alborotó la prisión de Ventas porque se corrió rápidamente el rumor de que las menores iban a juicio.

Mis compañeras y yo estábamos convencidas de que íbamos en el mismo proceso. Virtudes vino enseguida a decirme que «salían a juicio», a mí me extrañó y le dije: «¿Pero yo no voy?», y respondió: «No lo sé, estad al tanto por si os llaman en las listas.» No estaba en la lista y aquello me contrarió. De Menores salieron Anita López, Martina Barroso y Victoria Muñoz. Aquello nos dejó un tanto confusas.

Volvieron de Salesas (Juzgados) el día 4, Virtudes vino a «Menores»; me dijo que todas traían pena de muerte —«No, no, Virtudes, os indultarán»—. La funcionaria Violeta no puso ningún impedimento en que estuviéramos en la terraza. Después, con una gran serenidad y tristeza, me dijo que nos esperaban tiempos muy duros, que vencer al fascismo costaría tiempo y vidas, que la unidad del partido era tarea necesaria y prioritaria... hacerla extensiva a todas las fuerzas de izquierdas... —«Virtudes, os indultarán»—. No, Peque, tú te quedarás, tienes que ser testimonio de lo que vas a ver y vivir —la llamó la funcionaria porque iba a cerrar la sala, me abrazó y me dijo—: «No olvides lo que te he hablado, no lo olvides nunca.»

Aquella madrugada del 5 de agosto de 1939 medio dormíamos en aquella enorme sala. El petate de Victoria y el mío estaban juntos, porque en ese lado del departamento estábamos agrupadas las de quince y dieciséis años. En la parte opuesta estaban Anita, Martina, Machado, Josefina Amalia, Antonia García, Argimira Hompanera y alguna más cuyo nombre no recuerdo. A mí me despertó un murmullo e inmediatamente Victoria se incorporó. Creo que la luz que nos llegaba era la de una linterna. Yo me levanté y Victoria cogió el vestido que tenía a los pies del petate; yo hice lo mismo, en ese momento en que crees que estás soñando. Victoria se agarró a mi cuello y me dijo: «Mari, que me matan; mi pobre madre... han matado a mi hermano y ahora a Goyo y a mí.» Tenía sus brazos alrededor de mi cuello. Hubiera deseado tomarle las manos pero no podía; su presión era más fuerte que mi deseo.

En ese momento Martina y Ana se acercaron a nosotras y Ana le increpó: «Sé valiente, Victoria.» Martina se acercó a mí y como en un susurro firme me dijo: «Mari Carmen, que te arreglen lo tuyo porque si no te matan como a nosotras.»

Sentí tanto horror y amargura que no podía hablar, tampoco llorar. En un momento caí de rodillas y al fin logré que rodaran mis lágrimas. No puedo recordar qué hacían las profesoras y las demás chicas porque no lo sé. Yo no veía a nadie, sólo a Victorcita, que, con su melena rizada cayéndole por la frente, salió por la puerta con Martina y Anita... para siempre.

(En los días que siguieron después del fusilamiento, me sentaba junto a las otras compañeras de mi edad con las que tenía una buena relación. Pero no teníamos nada que decirnos; palabras cortas, miradas tristes y lágrimas.)

DN. FERNANDO ABELLO PASCUAL, Teniente Médico del Ejército con destino en la Jefatura de Sanidad de Madrid,

CERTIFICO: Que Martina Barroso García natural de Gibona vecino de Chamartín de 22 años, estado Soltera ha fallecido en el dia de hoy a las 4'30 horas a consecuencia del fusilamiento a cuya pena fué condenado en virtud de la causa nº 30426

Y para que conste, y en virtud de orden del Ilmo. Sr. Auditor de Guerra del Ejército de ocupación y nombramiento del Sr. Jefe de Sanidad Militar de la Plaza, expido el presente en Madrid, a 5 de Agosto de 1939.

Fernando Abello

Certificado de defunción de Martina solicitado por su hermana Oliva. Aunque figura como hora de la muerte las 4,30 h, se sabe que fue a las 8,00 h.

A la mañana siguiente María Teresa Ygual, la Teresiana que sacó a las chicas, vino a contarnos cómo murieron. No quise escucharla y me fui al retrete. Al volver me entregó un «corte de traje» rosa que le había traído a Virtudes su madre Joaquina, que más tarde me entregaría un cinturón con cabezas de las razas del mundo para el vestido.

... yo que soy piedra fiel de esa cantera por la que habéis luchado hasta la vida, ofrezco este cantar de mi fontana... M. Alcaraz.

M.ª del Carmen Cuesta Rodríguez
Valencia, 2004
(Compañera de Martina en el Departamento de Menores de la Prisión de Ventas)

AGRADECIMIENTOS

— AGA (Archivo General de la Administración de Alcalá de Henares).

— Fundación Las Trece Rosas.

— Archivo Policial de Comillas. Al comisario José Alfredo Anduiza.

— Hemeroteca Municipal de Conde Duque.

— Archivo Histórico Nacional de Salamanca.

— Archivo General Militar de Ávila.

— Tribunal Militar Territorial Primero. En concreto a la amabilidad de un funcionario llamado Miguel, que aceleró la entrega de los expedientes.

— A la sede del PCE del Barrio de Tetuán que facilitó contactos con algunos de los supervivientes de la época.

— Archivo Victoria Kent.

— Al PCE. En concreto a Vicky (del Archivo de la Guerra Civil).

— Fernando Beneito.

De igual modo, mi reconocimiento a todos los compañeros y amigos que me han ayudado —más aún, han alentado a Paloma, sobrina de Martina— en su rastreo tras la invisible pista de *Las Trece Rosas.* Desde aquí, tanto ella como yo —por extensión— les damos las gracias: Jesús Barreales, José Ramón Lastra, Carmen Muñoz y Juan Carlos Carballosa.

ÍNDICE

7 *En el país del pasado*, por Antonio Muñoz Molina

MARTINA, LA ROSA NÚMERO TRECE

19 *Jamás hubiera podido escribir...*
23 A modo de introducción...
27 I. *¿A ti también te han echado?...*
32 II. Agosto de 1939. *A la tarde nos examinarán en el amor*
44 III. Enero de 2004
55 IV. Era 8 de febrero de 1939
68 V. Paloma, 2004
80 VI. Marzo de 1939
96 VII. 6 de marzo de 1939
108 VIII. Paloma, 2004
116 IX. Paloma, marzo de 2004
122 X. *Martina siguió paseando...*
139 XI. *Hasta pensar le dolía...*
154 XII. *Pasaban los días...*
163 XIII. *Ocurrió lo que nunca había esperado...*
184 XIV. Paloma, 2004
195 XV. 6 de junio de 1939. *¿Cómo se asume ser víctima?*

213 XVI. *El 1 de agosto fueron llevadas al Consejo...*
226 XVII. Paloma, 2004
229 XVIII. *5 de agosto del 39...*
238 Coda
241 Mari Carmen Cuesta, *la Peque*, superviviente del Departamento de Menores, en la cárcel de Ventas

249 *Agradecimientos*

Impreso en el mes de abril de 2006
en Talleres Brosmac, S. L.
Polígono Industrial Arroyomolinos, 1
Calle C, 31
28932 Móstoles (Madrid)